U0118998

日本古典名著图读书系

平家物语图典

叶渭渠 主编

[日]佚名 著

申非 译

江苏凤凰文艺出版社
JIANGSU PHOENIX LITERATURE AND ART PUBLISHING

几度绚丽的彩虹

（代总序）

叶渭渠

彩虹是绚丽的。

日本古典名著图典的绘卷，就像几度绚丽的彩虹。

日本的所谓“绘卷”，是将从中国传入的唐绘日本化，成为大和绘的主体组成部分。11 世纪初诞生的《源氏物语》就已有谈论《竹取物语绘卷》和《伊势物语绘卷》的记载。换句话说，最早的“物语绘卷”此前已诞生了。它是由“绘画”（大和绘）和“词书”组成。丰富多彩的绘画，可以加深“物语”的文化底蕴，立体而形象地再现作家在文本中所追求的美的情愫。而“词书”则反映物语的文本，帮助在绘卷中了解物语文本。这样，既可以满足人们对文本的审美需求，也可以扩大审美的空间，让人们在图文并茂的“物语绘卷”中得到更大的愉悦，更多的享受，享受更丰富的美之宴。

我们编选的这五部古典名著图典的源泉，来自日本古典名著《枕草子》《源氏物语》《竹取物语》《伊势物语》《平家物语》所具有的日本美的特质。换言之，在这些物语或草子的绘卷中，自然也明显地体现了日本文学之美。

我们读这些绘卷——日本古典名著图典，不是可以重新燃起对《枕草子》《源氏物语》《竹取物语》《伊势物语》《平家物语》的热情和对这些古典的憧憬吗？不是也可以同样找到日本美的特质，触动日本美的魂灵，体味日本美的情愫吗？总之，我们像从日本古典名著中可以读到日本美一样，也同样可以从这些图典中发现日本美。

《枕草子图典》，内容丰富，涉及四季的节令、情趣，宫中的礼仪、佛事人事，都城的山水、花鸟、草木、日月星辰等自然景象，以及宫中主家各种人物形象，这些在绘卷画师笔下生动地描绘了出来，使洗练的美达到了极致，展现了《枕草子》所表现的宫廷生活之美、作者所憧憬的理想之美。

《源氏物语图典》，规模宏大，它不仅将各回的故事、主人公的微妙心理和人物相互间的纠葛，还有人物与自然的心灵交流，惟妙惟肖地表现在画面上，而且将《源氏物语》的“宿命轮回”思想和“物哀”精神融入绘画之中，将《源氏物语》文本审美的神髓出色地表现出来，颇具优美典雅的魅力与高度洗练的艺术美。

《竹取物语图典》，在不同时代的绘卷中，共同展现了这部“物语文学”鼻祖的“伐竹”“化生”“求婚”“升天”“散花”等各个场面，连接天上与人间，跃动着各式人物，具现了一个构成物语中心画面的现实与幻梦交织的世界，一个幽玄美、幻想美的世界。

《伊势物语图典》，“绘卷”忠实地活现了物语中王朝贵族潇洒的恋爱故事，运用优雅的色与线，编织出一个又一个浪漫的梦，充溢着丰富的抒情性之美。“词书”的和歌，表达了人物爱恋的心境和人物感情的交流，富含余情与余韵。“绘画”配以“词书”，合奏出一曲又一曲日本古典美的交响乐。

《平家物语图典》，形式多样，从物语绘、屏风绘、隔扇绘、扇面绘等，场面壮观，以表现作为武士英雄象征的人物群像为主，描写自然景物为辅。它们继承传统“绘卷”的雅致风格，追求场景的动的变化和场面的壮伟，具有一种感动的力量，一种震撼的力量。

这五部古典名著图典一幅接连一幅地展现了日本古典美的世界、日本古代人感情的世界、日本古代历史画卷的世界。观赏者可以从中得到人生与美的对照！可以从中诱发出对日本古代的历史想象和历史激情！

从这五部古典名著图典中，可以形象地观赏这几度彩虹的美，发现日本美的存在，得到至真至纯的美的享受！

contents

目录

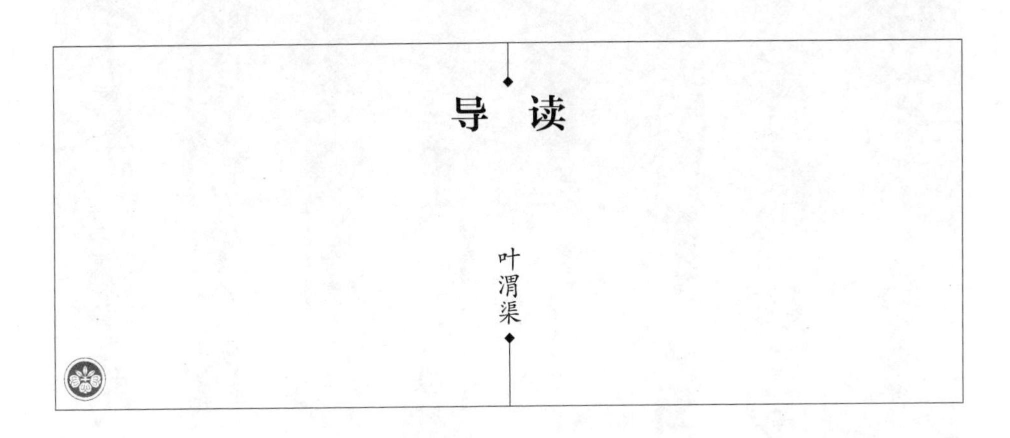

导 读

叶渭渠

《平家物语》的问世，将战记物语推向了高峰，具有里程碑式的划时代意义。这部战记物语的故事，从天承二年（1132 年）平忠盛升殿，荣任公卿拉开序幕，至建久九年（1198 年）其嫡系六代玄孙被处极刑，平家氏族盛衰的六十余年历史结束。但对于平忠盛的荣升过程和过程中发生的保元之役、平治之役这段历史故事，作者用简笔带过，将着墨点集中用在平忠盛之子平清盛身上。平清盛青云直上，官至太政大臣（出家后称“入道相国”），掌握了中央的政治实权，压倒旧贵族的势力，并立三岁安德（其母为平清盛之女平德子）为幼帝，权力达到了顶峰。但是，平清盛执政后，推行极权政策，专擅政事，破坏佛法，凌夷朝威，遭到白河法皇等皇室和旧贵族的反抗。他对反抗者采取果敢的措施，加强镇压，包括软禁法皇，流放和杀戮所有政敌，焚烧反抗僧兵的寺院。这预示平家在鼎盛中潜伏着危机。此时，怀才不遇的皇子以仁王与源赖政共谋推翻平氏，但起事败露

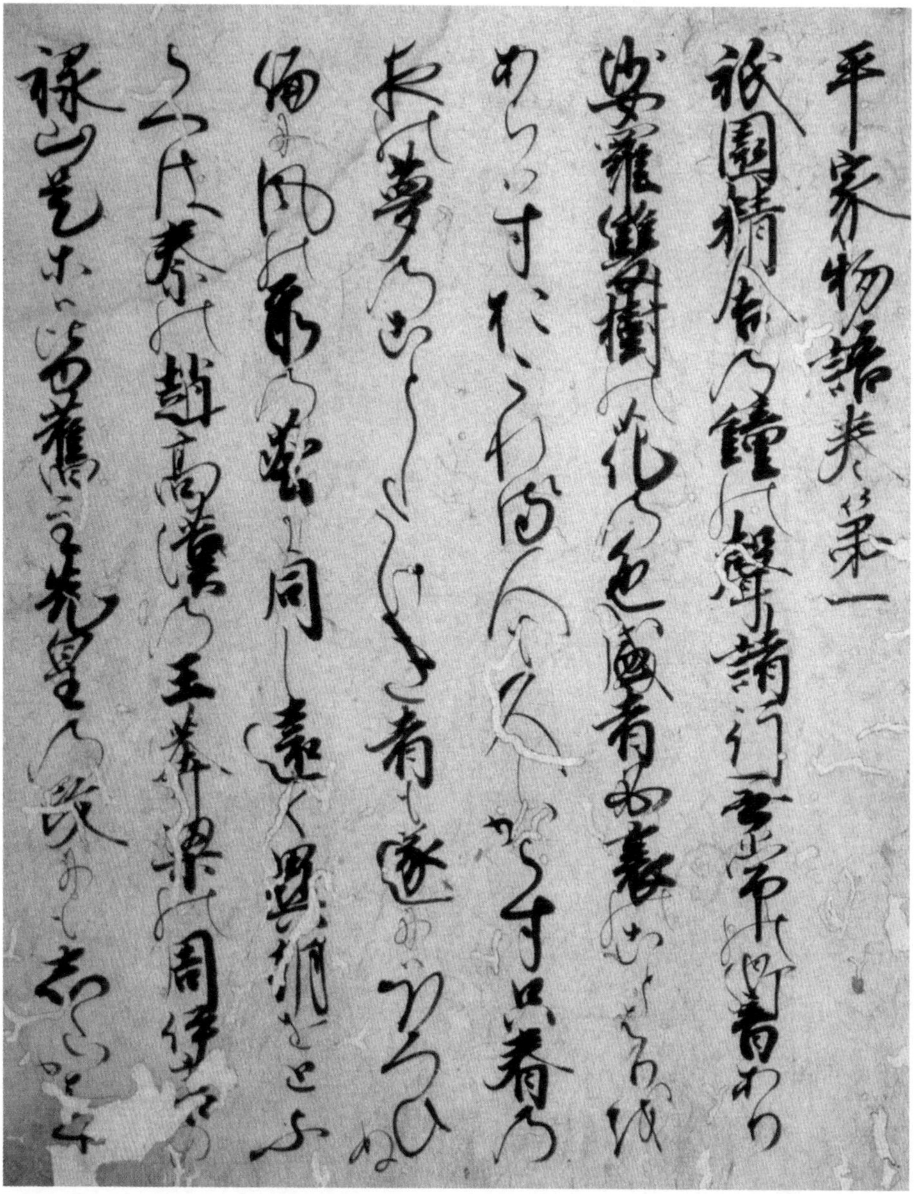

平家物語巻第一

祇園精舎の鐘の聲諸行無常の響あり

娑羅雙樹の花の色盛者必衰のことはりを

あらはすおごれる人も久しからず只春の

夜の夢のごとしたけき者も遂にはほろびぬ

偏に風の前の塵に同じ遠く異朝をとぶらふ

へば秦の趙高漢の王莽梁の周伊唐の

禄山是等は皆舊主先皇の政にもしたがはず

而告失败。

平家的六代人尽享荣华，过着旧贵族式的奢华生活，最终走向了贵族化；而一直保持新兴武士阶级本色的源氏势力，多年积蓄力量，试图东山再起。以源赖朝为首的义仲、义经等源氏势力，趁平家与皇室之间因权力之争而产生矛盾之机，全国举兵讨伐平氏。源氏征战多年，于坛浦展开最后决战并大获全胜，平氏六代或战死或被抄斩，安德天皇则在其祖母二位尼怀抱下与三件神器一起投入海中。其母建礼门院德子也企图投海自尽未遂，被源氏救起，送至大原寂光院度过孤寂的余生，从此平家的子孙彻底绝灭了。

作者以贵族阶级的衰亡和武士阶级的兴起这一重大历史转折为背景，以两大武家平氏与源氏之战为经线，以当时诸势力的政治角逐（包括朝廷内部、朝廷与武士集团、武士集团与僧寺集团、僧寺集团内部）和悲恋故事为纬线，展开了平氏一家盛极而衰的悲剧命运，以及武士生活的种种世相。这是源于历史的真实，它不是虚构的世界而是真实的世界，然又在事实的基础上对人物的内心世界予以深层挖掘，赋予人物典型化的性格，使真实与虚构结合，达到了艺术上的完美统一，提高了战记物语的文学水平。

《平家物语》第一卷卷首

《平家物语》第一卷卷首所题诗句，蕴含“诸行无常”“盛者必衰”的道理。图为《平家物语》第一卷卷首。作于室町时代。

《平家物语》贯穿这一物语的主题思想，就是“诸行无常”“盛者必衰”，作者在卷首开宗明义地吟道：

祇园精舍钟声响，诉说世事本无常；
娑罗双树花失色，盛者必衰若沧桑。
骄奢之人不长久，好似春夜梦一场；
强梁霸道终殄灭，恰如风前尘土扬。

在这里，作者以古印度名刹祇园的响钟，象征寺僧在颂《涅槃经》的“诸行无常”，以传说中的释迦涅槃时周边的两株娑罗树盛开的花变了色，说明“盛者必衰”的道理，以此提示故事的主旨，同时揭示了故事中的主人公平家诸公胜后的骄傲、奢华、暴烈，最终如春梦，如风沙，如过眼烟云，不会长久。这段开场白，高度地浓缩了整个故事的发展脉络和必然的结局，作者要表达的思想，也艺术性地展现于其中。从而，开卷就紧紧地抓住读者的心。

正是基于此，作者在铺展这一历史转折时期新旧势力的对立和兴衰的交替时，并没有预设特定的立场，无论铺陈故事还是塑造人物，自始至终都是用心力去体

平清盛像

《平家物语》的主人公平清盛，一方面推动新兴武士社会的变革，是“治国良相”，人称“入道相国”；另一方面在变革胜利后，不思继续前进，而以暴政维持其统治。图为手持僧卷的平清盛像，他最后虽已削发为僧，但仍不减当年的勇武风貌。此塑像收藏于六波罗寺。

现上述的题旨，这样才能完整地再现时代与历史的真实。故事以平家灭亡、源氏胜利而结束，就预示了历史的进程和变革的必然性。

《平家物语》在描写平家的兴盛方面用墨不多，却以浓重的笔墨聚焦在平家的没落与消亡的过程上，即使描写这一过程，比起写武士的武艺来，更多的是展现武士的精神世界。在这里面交织着作者的爱与恨、喜与悲、解放的昂奋与内省的孤寂，使文学的感动得到最大限度的升华，特别是作者用大量赞美的言辞，描写了东国西国源氏武士在征战中的骁勇行为和忠贞的精神风貌。

作者成功地树立了平清盛这个代表人物的典型形象。平清盛是平家的代表人物，也是《平家物语》的第一主人公。在作者笔下，他具有新与旧、进步与反动的双重性格，一方面代表着新兴的势力，在推动历史的变革中起到了重大的作用。在这一点上，作者将崇敬的热情倾注在平清盛的身上，称赞他是“治国良相”，极尽夸张与肯定之能事。另一方面在变革胜利后，平清盛没有继续前进，而是重蹈旧势力的老路，表现出奢靡、专制、暴烈，逆时代的潮流而动的倾向。作者借内大臣的嘴道出“看今朝入道的气势，说不定会做出发狂似的事来”。事实上为了实现在政治和军事上的专制独裁统治，他已做出了乱五常、背信义的事情来，比如开了流放摄政关白的先例，软禁法皇于鸟羽殿；乃至奈良人对他有微词，他

源赖朝画像

《平家物语》的主人公之一源赖朝。平治之乱后，他立志打倒平家，是源家事业的创始者。图为源赖朝肖像画，颇具写生的要素。这类肖像画流行于镰仓时代。

也一把火把奈良烧尽，并杀戮三千余平民等，依靠暴力来维持其统治地位。

于是，作者对平清盛这个人物的描写，既有赞美，又有贬斥，更多的是感伤和慨叹，反映出作者在思想表现上也是十分矛盾的。又比如，作者描写其子平重盛预感到平家灭亡的命运对他进言时，向他投下了憎恶的目光，但同时，又带上几分惋惜与同情。

小说描写了平家由于实行残忍的极权统治和过着旧贵族式的奢华生活，以平清盛的辞世为契机，到了盛极而衰的转折期，这样就结束了以平清盛为中心的平家鼎盛的前半部分，开始展开后半部分平家走向灭亡的故事。

平重盛重病，以“命运已尽，人命在天”而拒绝一切医疗和祈祷，最后终结了生命。平家衰落，源氏崛起。源义仲、源义经为主人公登上了历史的舞台。作者在后半部分，用了更多的心力，出色地塑造义仲、义经这两个人物的英雄形象。首先，源氏在一谷、屋岛、坛浦三大战役中，由于义经的果敢决断和英勇奋战，而且亲自垂范，一马当先，大大鼓舞了士气而取得了决定性的胜利，从而树立了义经作为这一时代的武士的理想形象。

作者更是以富士川一战中，源、平二氏的精神面貌做对比，突出源氏家族视死如归的精神力量：他们“打起仗来，父亲战死则由儿子，儿子战死则由父亲飞

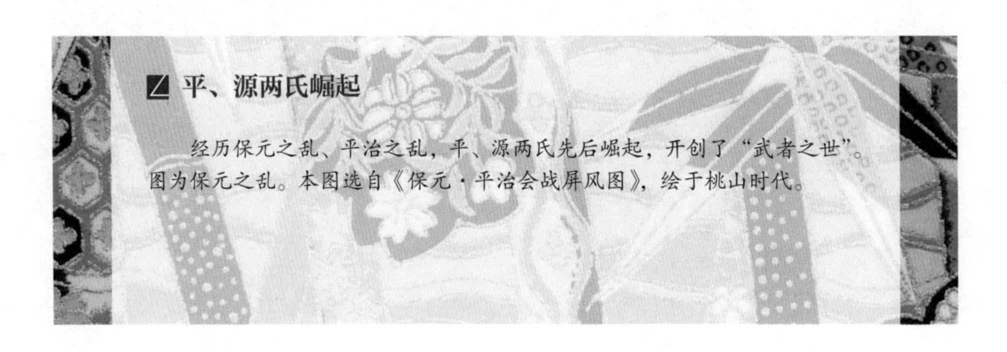

平、源两氏崛起

经历保元之乱、平治之乱，平、源两氏先后崛起，开创了“武者之世”。图为保元之乱。本图选自《保元·平治会战屏风图》，绘于桃山时代。

四面临巨海之渺茫

平清盛修建严岛神社，将它作为平家的守护神社来敬重，并献上《平家纳经》。该经书写了表达意愿的愿文。在愿文中，他感叹“四面临巨海之渺茫”。图为平清盛的愿文。

马越过尸体，继续拼杀”。而平氏一族打仗时则是“父亲战死，儿子要退阵守灵，丧期满后才再参战；儿子战死，父亲悲恸欲绝，不能再征战了”。他们已尽丧武士作为新兴阶级的进取精神。透过源、平二氏族两种不同的精神世界，谁胜谁败，已一目了然。所以在富士川开战前夕，平军目睹源氏阵地夕炊的烟火，惊叫“野里、山里、河海里都是敌人”，于是仓皇逃走。

作者在这后半部的俱梨迦罗谷、筱原、志度、坛浦等几次大战役中，更是有意识地凸显以源氏为代表的武士集团始终保持质朴刚健的精神和他们忠勇的英雄群像，他们呐喊起来，真有一股“苍天震响，大地动摇”的气势。可是，他们胜利之后，又反目为仇，这难道是古今中外难逃的悲剧命运?

全书不仅描写了两军厮杀的刀光剑影、武士的忠义刚勇精神，而且随处都洋溢着人文的“风雅”诗情和“哀”的悲调，交织出丰富的人生和历史的多彩画卷。比如有一节描写上皇与身边的人谈笑风生的情形，这样写道：

上皇对大纳言开玩笑说：“那位穿白衣的巫女，心里很挂念你吧？”大家都笑了起来。大纳言正要辩解的时候，一个侍女拿着信札进前说道：“这是给五条大纳言的。”说着，呈上了信札。顿时人们哄笑起来，说道：

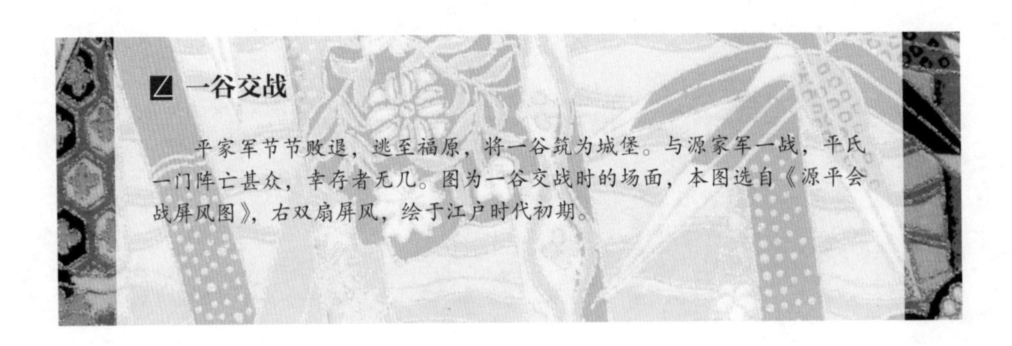
一谷交战

平家军节节败退，逃至福原，将一谷筑为城堡。与源家军一战，平氏一门阵亡甚众，幸存者无几。图为一谷交战时的场面，本图选自《源平会战屏风图》，右双扇屏风，绘于江户时代初期。

“果然如此！”大纳言接过信札来看时，乃是一首和歌：

袖浸白浪已湿透，
起舞翩翩意难酬。

上皇看了，说道：“倒是风雅呢，赶快和一首吧！”上皇就拿过笔砚给他。于是大纳言和道：

芳姿未睹应见谅，
泪如波涌眼模糊。

作者还以风雅的笔致，写了许多动人的爱情故事或者悲惨的爱情故事，其中一个是：高仓天皇失去葵姬，中宫将自己身边的女官小督送到天皇那里，给以慰藉。而大纳言隆房卿还是少将的时候，已经与小督一见钟情，时常咏歌、写信表达对小督的恋慕。如今小督被召到天皇身边，他忍痛离别，眼泪沾湿了衣袖，几乎没有干的时候。于是他想尽办法靠近小督想说些什么。小督托人捎话给他说：“我已被召到君侧，少将不管说什么，我都不会答一句、回一信。”隆房卿还是抱着一丝幻想，写了一首和歌，歌曰：“爱卿之情充肺腑，临近卿前反成空。”他将这首歌投进小督的帘子里，小督原封不动地扔到院子里。隆房卿很是难堪，连忙捡起揣在怀里离开，又作歌一首，叹道：“芳心固已绝情义，书翰承接又何妨。”于是想寻短见。平清盛听得此事，预感小督活在世上，天下不会太平，得弄死她才好。小督听到消息后，抱着“只对不起皇上”的心情，离开了皇宫，从此不知去向。

作者在描写贵族的恋爱故事的同时，也描绘武士的爱情故事，但与前者比较，虽也很风雅，但没有那样放荡不羁。对武士出征或出奔离别妻儿亲友时的悲怆场面，写得很真实，也是十分感人的。比如平维盛与妻告别时想起彼此曾发誓，“任凭天涯海角永不分离，同做一块原野上的露珠，同做一处海底下的藻屑”，但现在奔赴战场，不能携带妻儿，于是作者对夫妻儿女情长做了出色的描写，写了人性的本能流露，令人不禁产生一种悲戚之感，这大大地增加了文学的艺术效果。

平忠度、平经正的出奔场景描写也是很出色的。平忠度出奔时与好友、歌人藤原俊成惜别时的谈作和歌，论编敕撰集，并选了一百余首和歌给俊成，俊成掩泪惜别。平家被平定后，俊成编《千载和歌集》时，想起忠度别时的情形，选出忠度的一首“志贺旧都全荒芜，郊外山樱盛如初”（《敌乡花》）入集，但由于忠度是“朝廷逆臣”，只好用了佚名。他们的风雅之情，实是感人肺腑。平经正知平家气数已尽，撤出帝都出奔时，唯一不能忘怀的，是曾受过恩的觉性法亲王，惜别时觉得将亲王赏赐的青山琵琶带到乡下实是可惜，便还给亲王。亲王很哀伤地吟道：“琵琶真情藏我心。”经正和了一首歌，便凄然分手。这些描写都着力在一个“情”字上，是很有人情味的。

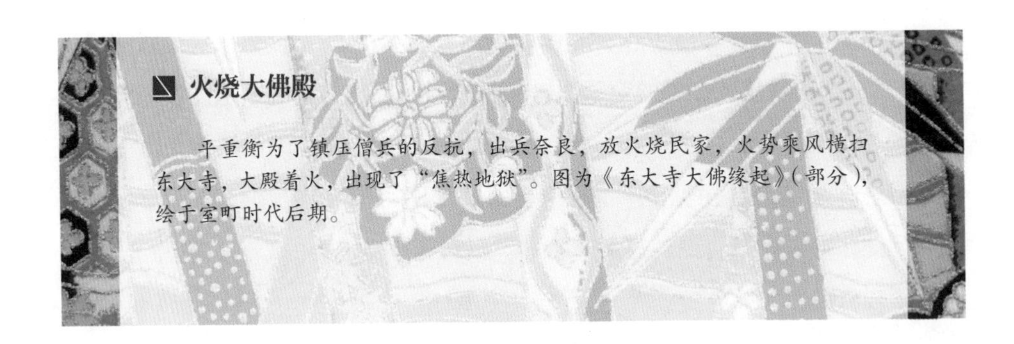

火烧大佛殿

平重衡为了镇压僧兵的反抗，出兵奈良，放火烧民家，火势乘风横扫东大寺，大殿着火，出现了“焦热地狱”。图为《东大寺大佛缘起》（部分），绘于室町时代后期。

《平家物语》所反映的，既是平家氏族的悲剧，也是一个时代、一个社会的悲剧，直至终局前，作者总结平家的衰落，写出这样的道理：

“这（结果）都是起因于入道相国掌握一天四海，上不畏天皇，下不恤万民。流刑死罪，任意施行。对世对人，肆意妄为。常言道：‘父祖作孽，报在子孙。’这是无疑的。”（灌顶卷）

“灌顶卷”以上的实践之理，与卷一“祇园精舍”之常理相呼应，确实验证了“诸行无常”“盛者必衰”“骄奢者如一场春梦，不会长久。刚暴者如一阵风沙，过眼烟云”的警言。“灌顶卷”寂光院的钟声，与“祇园精舍”的钟声凄然回响。故事也与寂光院的钟声一起落下了帷幕。这种艺术的处理，不仅给读者带来文学上的感动，而且给读者留下了许多值得思考的问题。

《平家物语》与中国文化有着密切的联系。首先，通过平家几代的浮沉，宣扬了佛教的无常思想、轮回思想、因果报应和罪业思想。其次，在近古日本武士的“主从关系”的绝对信念里，融入儒教的忠义、忠孝道德伦理观。正如作者所说的，中日两国风情相同，可以珍重，可以“中为日用”，以求在文学思想上和文学艺术上达到最大的功效。这一点，与白居易诗的深刻的联系，更可以在艺术上充分地表现出来。

屋岛交战

屋岛交战，平家军也遭惨败，平家公子们不是阵亡，就是四处逃遁。平重盛之子平维盛逃出屋岛。图为屋岛交战时的场面。本图选自《源平会战屏风图》，左双扇屏风，绘于江户时代初期。

作者借用、活用白居易诗，都是与故事情节的展开和人物形象的塑造紧密结合，浑然一体。其中以活用《长恨歌》和《新乐府》尤为出色，使故事和人物都得到进一步的深化。首先就《长恨歌》来说，这是白居易与陈鸿等在谈话中谈及唐明皇与杨贵妃的悲恋故事后，产生了创作激情而写就的，这首诗既反映了对唐明皇的荒淫和杨贵妃的恃宠的不满，又表达了对他们的悲恋际遇的同情，含有讽喻与感伤的双重性格。《平家物语》的作者正是活用了这点。

《平家物语》运用《长恨歌》共六个主要的情节，借用、活用形态分为两大类：

第一类是借用《长恨歌》的故事的某些情节来展开作者设计的故事。

书中写到二条天皇天性好色，偷偷叫人到外边访求美人，竟将情书送到藤原多子［已故近卫天皇的皇后］那里去，藤原多子不予理睬。二条天皇见此，干脆将这件事公开，并传谕右大臣，立即将藤原多子立为皇后，并接入宫中。公卿们对这样的事议论纷纷，便开会讨论并做出决议，认为中国唐代有高宗在太宗驾崩后，将太宗后妃武则天立为高宗皇后的先例，而日本自神武天皇以来历七十余代，还没有过立两代的皇后的事。上皇劝谕未果，二条天皇还是传旨决定立后和进宫日期，上皇也无可奈何。作者在这里借用白氏笔下的唐明皇好色，让高力士为他访求美人而得杨贵妃的故事，同时借用杨贵妃是唐明皇之子寿王的妃子，唐明皇将她占为己有的故事，来展开二条天皇也让人访求美人的故事，以及上述决议所谈的中国的先例。

第二类是直接活用白居易的诗句，来加深其描写故事的文化内涵或用以形容人物形象，增加其风采。这一类占多数。比如，两次借用了《长恨歌》中的“回眸一笑百媚生”句。一次是在描写入道相国与内大臣意见不合，没有前去迎法皇，内大臣对武士讲述了中国周幽王的一个宠妃是个绝代美人，可总不曾含笑。但当天下有兵乱，举起烽火来，她才嫣然一笑。这是所谓“一笑百媚生”也。之后周

幽王逗宠妃笑时都举烽火。有一回邻国攻打周幽王，举起烽火时，士兵以为是照例为了博周幽王宠妃一笑而举烽火，都不集合了。结果京城被攻破，周幽王也死了。一次是中宫产子，入道相国命高僧修大法，祈愿王子诞生，但中宫身子更觉疲乏。作者写到这里，第二次借用“回眸一笑百媚生”，这样写道：“从前是‘一笑百媚生’的李夫人，如今在昭阳殿的病榻上或者会是这个样子吧！”在《长恨歌》中的“一笑百媚生”是什么样的情态呢？在这里，发人深思。

《平家物语》还利用了白居易诗里的中国典故，来与作者笔下的故事或做对比或提出警醒。比如描写保元之乱后，君心不能安静，其时入道相国不过大体指挥，其实是内大臣身当其事，粉身碎骨地不辞劳苦，使得法皇平息愤怒。作者极力赞扬内大臣的功劳时，就借用白居易《新乐府》中的《七德舞》有关唐太宗为先卒的功臣魏徵御制的碑文：“昔殷宗得良弼于梦中，今朕失贤臣于觉后。”

白氏诗所述在《贞观政要》等历史文献中都有相关记载，《平家物语》的作者只不过借白氏诗的“作者自注”，使人联想《七德舞》中表达的“太宗意在陈王业，王业艰难贞子孙”之意，以“歌七德，舞七德”更形象的艺术表现出来罢了。所谓“七德”，《左传》载：“武者，禁暴、戢兵、保大、定功、安民、和众、丰财，是武七德也。”此外，作者也借用了《新乐府·海漫漫》的“云涛烟浪最

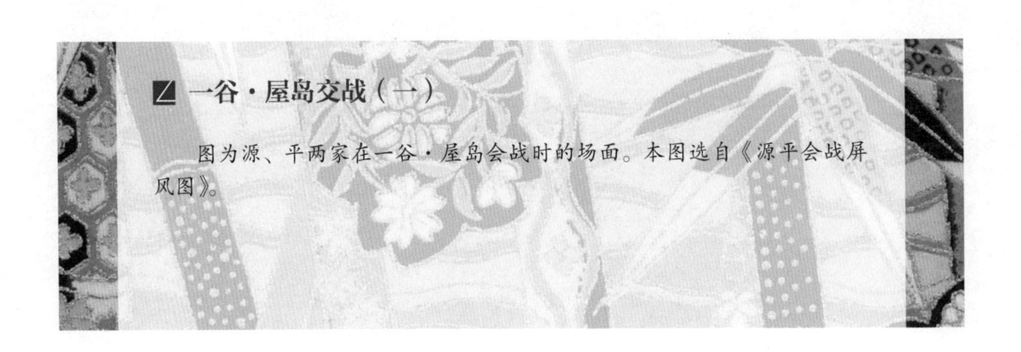

一谷·屋岛交战（一）

图为源、平两家在一谷·屋岛会战时的场面。本图选自《源平会战屏风图》。

深处，人传中有三神山”，以及同诗中秦皇汉武，或派出童男童女，或差遣方术之士，令寻不死之药的故事等，大大地丰富了故事的内涵。

关于《平家物语绘卷》的问世，根据《看闻御记》于永享十年（1438年）六月的记载：“已有‘平家绘’十卷。”这是《平家物语绘卷》问世的最早记录。其后《荫凉轩日录》于宽正四年（1463年）闰六月记有当时的足利义政将军在相国寺荫凉轩欣赏《平家物语屏风绘》。《实隆公记》于文明十八年（1486年）五月记有三条西实隆欣赏了《平家物语扇面绘》等，足见15世纪《平家物语》的绘画已经出现了多种并存形式。现存的18世纪江户时代中期的《平家物语绘卷》，全十二卷本，各卷又分上中下三册，体裁段落式，凡数百段，是一部浩瀚的绘卷。土佐左助由绘制，词书则是经众多旧贵族、武家和僧侣之手完成的。绘卷多受中国画风的影响，擅长描绘众群像，以表现人物为主，描绘自然景物为辅。这是“平家绘”最重要的绘卷。

在“平家绘”中，以白描形式居多，画面以纤细的线描为主体。有的绘画的内容，并非完全根据《平家物语》的故事，而是画师自行创作的平家会战故事。白描绘卷的代表作是土佐光信绘画、杉原伯耆守词书的《白描平家绘》，全八卷，即《平家物语》中的“祇园精舍卷”“樱町中纳言卷”“祇王祇女卷”“安德天皇诞生卷”“赖豪祈之卷”“小松殿教训卷”“俊宽顿足卷”“少将归洛卷”等八卷，以八个场面为主题，继承传统绘卷的雅致风格，追求场面的动态变化，不具一般白描的纤细美。

在“平家绘”中，有根据《平家物语》派生出来的文学作品《源平盛衰记》绘制的《经岛缘起绘卷》，描绘了“福原迁都”中埋藏经卷的故事。同样是根据《平家物语》派生出来的文学作品《义经记》所制作的《义经记绘》，描绘了作为武士英雄象征的源义经荣枯盛衰的一生；《义经东下绘卷》则描绘源义经与源赖朝关系恶化后东下的悲剧命运。这类“平家绘”，大多表现出“御伽草子”［室町时代类似

童话的小说］的朴素画风。有的更是直接取材于《平家物语》的“御伽草子”的插图，比如《泷口缘起绘卷》中取材“横笛卷”的《横笛草纸》，就同样保持了“御伽草子”插图的朴素风格；而人物容貌的描绘，则采取了古代物语绘卷的“引目勾鼻”法，即将眼睛画成细线（引目）、鼻子画成“く”字形（勾鼻）的表现法。

“平家绘”的形式是丰富多彩的，“平家屏风绘”多重视视觉的效果，比如长谷川久藏绘制的《大原行幸屏风图》，描绘“灌顶卷”中的建礼门院的故事，很有代表性。尤其是《平家物语》后半部的“源平会战”，作为一种屏风绘形式固定了下来。根据《看闻御记》嘉吉元年（1441 年）四月记载，最早问世的喜多院的《平家屋岛绘》全三卷，是以屋岛会战为中心制作的长卷。此外，还有《源平会战屏风图》《宇治川会战屏风图》等，都在不同程度上具有大和绘的画风，带有典型的日本武家风俗和性格，反映了当时武士社会的爱好和时尚。“平家屏风绘”在“平家绘”中最流行的另一种形式，是“平家扇面屏风绘”，其中代表作是《平家绘扇面贴画屏风》，是将《平家物语》中的各个场景画在扇面上，糊裱在屏风上的一种大画面形式；另一件代表作《熊谷直实 · 扇面屏风图》，以扇面形描绘了落在海中的平敦盛，以及骑马赶追的熊谷直实的情景，以明快的画面，直接表现了两者的不同命运。

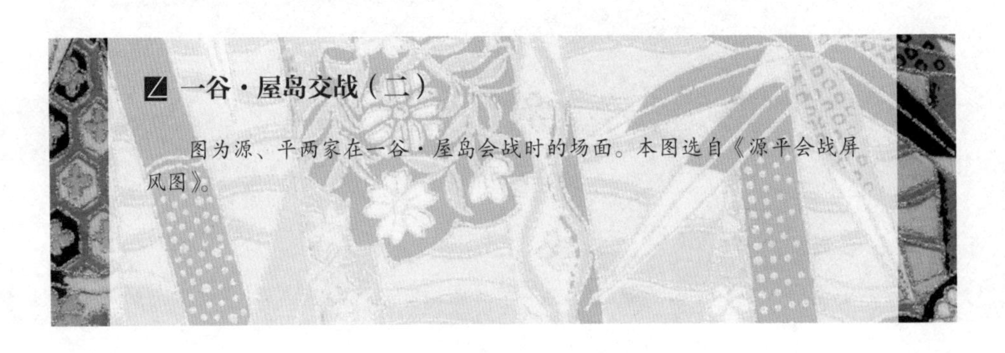

一谷 · 屋岛交战（二）

图为源、平两家在一谷 · 屋岛会战时的场面。本图选自《源平会战屏风图》。

单纯的“扇面绘”许多是以宇治川会战为题材的，具有代表性的作品《宇治川会战扇面绘》，描绘了作战双方武士争夺渡宇治桥之战。“扇面绘”虽属小品画，但画面简洁，以武士争夺渡河为中心，却清晰地展现出宇治桥的雄伟和宇治川的急流，以及后续的武士队伍。

值得一提的是，被称为“黄金时代”的美术史上的桃山时代（1573—1603年），流行黄金色的屏风画、隔扇壁画。“平家绘”虽然不如“源氏绘”，但是也受到这种黄金绘画艺术新风的一定影响。比如，《平家绘扇面贴画屏风》《源平会战屏风图》等都是金地着色，以源平会战为主体的《安德天皇缘起绘画》，就采用色彩鲜艳的金壁画法，装饰金箔的云彩，多少反映了桃山屏风画的风格。

祇园精舍

祇园精舍钟声响，诉说世事本无常；
婆罗双树花失色，盛者必衰若沧桑。
骄奢之人不长久，好似春夜梦一场；
强梁霸道终殄灭，恰如风前尘土扬。

远察异国史实，秦之赵高，汉之王莽，梁之朱异，唐之安禄山，都因不守先王法度，穷奢极欲，不听诤谏，不悟天下将乱的征兆，不恤民间的疾苦，所以行事未久就灭亡了。近观本朝事例，承平年间的平将门、天庆年间的藤原纯友、康和年间的源义亲、平治年间的藤原信赖等，其骄奢之心，强梁之事，各有不同；至于近世的六波罗入道［三位以上官员出家尊称为入道］前太政大臣平清盛公的所作所为，仅就传闻所知，实在是出乎意料，非言语所能形容的了。

查考清盛公的祖先，可追溯到桓武天皇的第五皇子、一品式部卿葛原亲王。清盛公是赞岐守正盛的孙子、刑部卿忠盛的嫡男。葛原亲王的儿子高见王在无官无职中去世，高见王的儿子高望王被赐姓平氏，并被授以上总介的官职，从此脱离王室，列于人臣的地位。高望王的儿子镇守府将军良望，后来改名国香。从国香到正盛，历经六代，虽都被任命为各地的国司，却未蒙恩准列入殿上人［六位以上的官员才允许上殿，称殿上人］的仙籍。

（第一段）

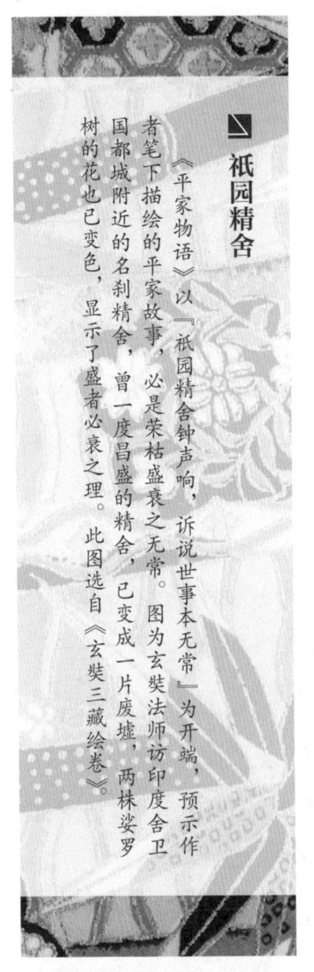

祇园精舍

《平家物语》以「祇园精舍钟声响，诉说世事本无常」为开端，预示作者笔下描绘的平家故事，必是荣枯盛衰之无常。图为玄奘法师访印度舍卫国都城附近的名刹精舍，曾一度昌盛的精舍，已变成一片废墟，两株娑罗树的花也已变色，显示了盛者必衰之理。此图选自《玄奘三藏绘卷》。

殿上暗害

忠盛在任备前国的国守时，遵照鸟羽上皇的意愿，建造了“得长寿寺”。这座佛寺有三十三间佛堂，供奉着一千零一尊佛像，于天承元年（1131 年）三月十一日举行了供奉仪式。上皇喜悦之余，诏令嘉奖忠盛建寺之功，允其递补国司的缺额。恰巧当时但马国出缺，于是就给忠盛补上了。上皇还特予恩准忠盛登殿。忠盛当年三十六岁。可是原有的那些殿上人却对此心怀嫉恨，私下计议于同年十二月二十三日的五节丰明会夜里，把忠盛害死。

忠盛得知这个消息，说道：“我生于武勇之家，本非文笔之吏，今若遭受如此意外的耻辱，于家门，于己身，都是遗憾的事。古人有云：当保全性命以报效君王。总之，须先做些准备才是。”于是当他进宫的时候，便预备了一把短刀，在朝服腰带之下随随便便地挂着。到了殿堂里，在火光微弱的地方，缓缓拔出短刀，举到鬓边，那刀宛如冰霜发出一片寒光。公卿们注目而视，不禁凛然。此外还有忠盛的从卒平家贞，他是同族木工助［宫内省木工寮］平贞光的孙子、进三郎大夫季房的儿子，任职为左兵卫尉。他穿了一件淡蓝色的狩衣［布衣便服］，底下是浅黄的腰甲，挂着拴有弦袋的大刀，在殿上的院子里规规矩矩地侍候着。藏人头［藏人所的长官，主管内府财务］以下的人看了觉得奇怪，便叫六品藏人过去问道：“在那空柱附近铃索旁边，身穿布衣的人，你是干什么的？不可如此，赶快出去。”家贞听了，恭敬地说道：“听说我家世代的主公——备前守大人，今夜要受人暗害，我为了看个究竟，在此守候，不能轻易出去。”这样说了，仍旧在那里跪坐着。那些殿上人见此情形，觉得形势不利，所以当夜就没下手。

当忠盛被召到御前起舞的时候，人们使用怪声叫道：“伊势平氏原本是醋瓶子。”其实，平氏本来乃是桓武天皇的后裔，只因有一段时间不住在宫里，便成为不许上殿的人。因为久住伊势，所以假借那里出产的瓶子，称之为伊势平氏醋瓶子。忠盛虽气愤，但也无可奈何，乃于歌舞未终之前，悄悄退出御前，行至紫宸殿的北厢，故意在那些殿上人都看着的时候，将腰间挂着的短刀交给主殿司的女官，便走出去了。家贞急切地问道："情况怎样？"待要告诉他受辱的情况，又怕他会拔刀上殿，忠盛遂答道："没出什么事。"

向来在五节的时候，人们一边歌咏"薄白纸、薄紫纸、缠丝笔、画着巴字图案的笔杆"等有趣的事物，一边舞蹈。之前有一个太宰权帅季仲卿，因为脸色很黑，被人称为黑帅，当他任藏人头时，在五节会上起舞，人们也怪声叫道："好黑呀！黑色的头，

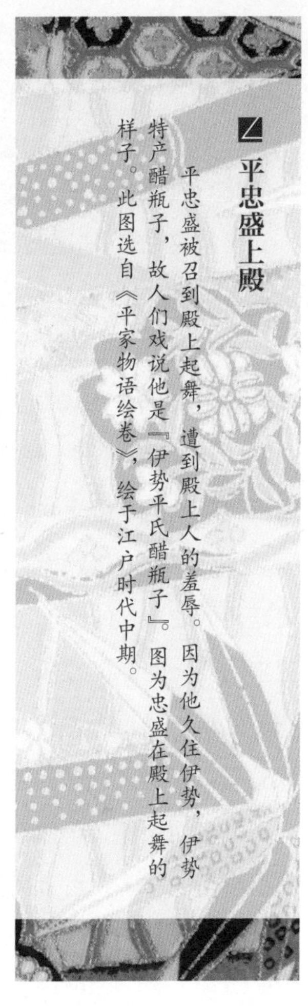

平忠盛上殿

平忠盛被召到殿上起舞，遭到殿上人的羞辱。因为他久住伊势，伊势特产醋瓶子，故人们戏说他是『伊势平氏醋瓶子』。图为忠盛在殿上起舞的样子。此图选自《平家物语绘卷》，绘于江户时代中期。

是谁给涂上黑漆了？”还有花山院前太政大臣忠雅公，刚十岁的时候，因为父亲中纳言忠宗卿去世成为孤儿；已故中御门藤中纳言家成卿那时是播磨守，便招他为婿，使他得享荣华。也是在五节会上，被人讥讽道：“播磨米是木贼草，还是朴树叶？为什么要给人家磨光除垢？”

大家议论道：“这些都是古时发生的事，并没闹出事来。如今是佛法衰微的末世，可就难说了。”

果然五节会一过，所有殿上人都向上皇参奏道：“根据历代的法度，必须经过赦许，才能带剑参加公宴，或带武装卫士出入宫禁。如今忠盛朝臣，把自家的扈从和带甲的武士，擅自召进殿庭；他自己腰佩横刀，列坐节会。这两件事都是历代罕见的不敬之举。两案并发，罪责难逃，请即削去殿上仙籍，罢免他的官职。”上皇听公卿们的诉说，大为惊诧，即传忠盛前来询问。忠盛答道：“扈从在殿庭侍候的事，的确非臣所知。但近日听说有人谋划暗算于我，多年的家人因此想来助我，免得我遭意外的耻辱，所以私自进来，忠盛事先不知，无从加以阻止，倘若此事有罪，当即召此从卒前来。至于那柄短刀，当时已交主殿司收存，请提取验看，查明真相，再行定罪。”上皇认为所陈有理，即命将此刀提来验看。原来刀鞘表面涂漆，里面却是木刀，上贴银箔。上皇说道：“为求免受当前的耻辱，做出带刀的样子，用意周到，殊堪嘉许。凡从事弓矢的人都应有此计谋。至于侍从来殿堂侍候，那是武士从人的习惯，不是忠盛的过失。”这样忠盛反而得到上皇的嘉许，并未受到什么处分。

（第一卷）

秃　童

仁安三年(1168年)三月十一日,清盛公五十一岁时,因为生病,许愿出家入道,法名净海。说来也巧,清盛公的宿疾反而好了,保住了性命。人人钦羡的事有如草木之迎春风,家家仰慕的事有如百禾之盼甘霖。说起六波罗［平清盛的府邸所在地］一地的贵胄公子来,无论什么名门望族,都不能和平家相提并论。入道相国［平清盛出家后的尊称］的内兄平大纳言时忠卿曾说过:“非此一门的人,皆属贱类。”因此世间的人都想找一点什么因缘,来和平家搭上关系。不但如此,连衣领怎么折,乌帽子怎样叠,只要说是六波罗平家的样式,天下的人便争相效尤。

无论怎样的贤王圣主，以及怎样的治国良相，总难免有些闲散无聊的人聚在不为人注意的地方，说些他们的流言蜚语，这是世上常见的事。唯独在入道相国全盛的时期，却没有说平氏闲话的。这是因为入道相国做出了独到的安排，他挑选了十四至十六岁的少年三百人，头发一律齐耳剪短，穿一身红色的直裰［类似我国旧时马褂的衣服］，在京都各处行走警戒。偶然遇见有说平氏坏话的人，就立刻通知同伙，闯入那人家里，没收资产家具，并把人扭送到六波罗府去。所以一般庶民即使心里愤慨，有所不满，却也没有敢说出来的。说起六波罗的秃童来，凡是路上通行的马和车，都远远回避。真是“出入禁门不问姓名，京师长吏为之侧目”了。

（第一卷）

阖第荣华

平清盛不单是本人备极荣华，他的一门子弟也全都发迹起来。

嫡子重盛做了内大臣兼左大将，次子宗盛任中纳言兼右大将，三子知盛任三位中将，嫡孙维盛则是四位少将，总之平氏一门有公卿十六人，殿上人三十余人，还有各国的国守，以及在卫府和各省司担任官职的一共有六十余人，似乎政界里再没有别家的人了。在圣武天皇的时代，神龟五年（728 年）始设中卫府的大将，自大同四年（809 年）中卫府改为近卫府以来，兄弟分任左右大将的才三四回。在文德天皇时，左有藤原良房，右大臣兼左大将；右有藤原良相，大纳言兼右大将。这二人是闲院左大臣冬嗣的儿子。在朱雀院在位时，左是小野宫实赖公，右是九条师资公，他们是贞信公藤原忠平的儿子。后冷泉院在位时，左是大二条教通公，右是堀河赖忠公，都是御堂关白藤原道长的儿子。在二条院时，左是基房松公，右是兼实月轮公，都是法性寺公藤原忠通的儿子。这些人都是摄政关白家的子弟，普通人是没有这个先例的。从前殿上人耻与为伍的人的子孙，如今穿了禁色［包括青、赤、黄丹、栀子、深紫、深绯、深苏枋七色］的官服，身缠绫罗锦绣，兼任大臣大将，并肩做着左右大将，虽说如今是佛法衰微的末世，这事情也够奇怪的了。

此外，清盛公还有八个女儿，也都得结良缘，福分非浅。一个女儿原与樱町中纳言成范卿在八岁时定了婚约，平治之乱［平治元年，源义朝等谋反，幽禁后白河上皇，迁徙二条天皇，平清盛起兵平乱，翌年正月，诛灭义朝，史称平治之乱］之后退了婚约，做了花山院左大臣夫人，生了几个公子。至于成范卿被称为樱町中纳言的由来，是因为他儒雅风流，酷爱吉野山的樱花，在领地栽了很多樱树，并在樱树中造屋居住。因此，每年来看樱花的人便把这里叫作樱町。樱花一般开七天就谢了，成范卿觉得可惜，便祷告天照大神使之延长为三个七天。那时主上是贤君，神也显示神德，花也有灵气，所以能够保持二十天的寿命。

一个女儿被立为皇后，所生的皇子被立为太子。太子继位之后给其母加了院号，称建礼门院。既然是入道相国的女儿，又为天下之国母，那就用不着说什么了。还有一个女儿是六条摄政公的夫人，在高仓天皇还在位的时候，被封为养母，奉旨享受“准三后”待遇，称为白河君，是个很重要的人物。又一个是普贤寺公的夫人，一个是冷泉大纳言隆房卿的夫人，一个是七条修理大夫信隆卿的夫人。此外，安艺国严岛的内侍所生之女，在后白河法皇的宫里做一名女官；另有一个是由九条院的女杂役常叶所生，在花山院的小姐那里服役，称为廊下君。

日本亦称秋津岛，共分六十六国，其中归平家管领的有三十余国，已经超过国土的一半了，其他庄园田地不计其数。绮罗满堂，如花似锦；轩骑云集，门庭若市；黄金珠宝，绫罗锻锦，七珍八宝，无一或缺，“歌堂舞阁之基，鱼龙爵马之玩”，恐帝阙仙洞亦不过如此吧。

（第一卷）

祇　王

入道相国既然已把一天四海置于掌握之中，什么世间的非难、人民的嘲笑，便全都不顾忌了，径自干些不合情理的事。举例来说，当时在京城里有两个有名的舞女，是一对亲姊妹，名叫祇王、祇女，是一个叫刀自的舞女的女儿。姊姊祇王为入道相国所宠爱，妹妹祇女也因此为京城人士所赏识。清盛公又给刀自建造了一所很好的房子，每月还送一百石米、一百贯钱，于是这一家也就安富尊荣了。

京城的舞女们听说了祇王的幸运经历，有羡慕的，也有嫉妒的。那羡慕的人说："啊，祇王真是幸运，同样都是乐户生涯，谁不愿意那样呢？一定是她名字里有个祇字，所以才走运吧！我们也来起个名字试试。"于是有人叫作祇一、祇二，或者祇福、祇德。那嫉妒的人说："这和名字有什么相干，这是与生俱来、前世修来的福分。"所以有好些人并不把祇字加在名字里。

过了三年，京城里又出现了一个有名的舞女，是加贺国人，名字叫阿佛，年方十六岁。京城里的上下人士都说："从前虽然有过许多舞女，但是像阿佛这样歌舞的还是初次看见。"所以都很欢迎她。但是阿佛说："现在我虽是天下闻名，但还没被召到声势显赫的平家去过，实在遗憾得很。照着舞女的惯例，不妨不等召见，自行去看看吧。"有一天她便到西八条府［平清盛的别邸所在］里去了。府里的人进去禀告说："现在那位有名的阿佛到府上来求见了。"入道相国说："什么？这样的舞女是要有人叫才来的，哪有不召自来的道理？况且有祇王住在这里，不管是神也好，是佛也好，是不准进来的，赶快让她出去吧！"阿佛遭到这样的冷遇，正要退出的时候，祇王却对入道相国说："乐女不召自来，这是常见的惯例，况且年纪还轻，忽然想到就来了，这么被冷酷地拒绝回去，未免太可怜了，我也觉得有愧，心里过意不去。我也是此道中人，当然也有同感，就是不看舞，不听歌，

见一见她，随后叫她回去，她也会感念不已的。好歹把她叫进来，会会面吧！”“既然你这么说了，就见一见吧！”入道相国便叫人去传唤。阿佛遭到拒绝，坐上牛车正要回去，听得第二次传唤召见，就又回到府里来了。入道相国出来会见，说道：“本来今天不想见你，可是祇王再三劝说，所以出来见一见。既然见了面，怎么能不听你的歌呢？你先唱一首时行曲调吧。”阿佛应了声“遵命”，就唱了起来：

我是一棵小松树，
见到您似乎可以活到千岁了。
在您前面水池里的龟山上，
仙鹤在成群游戏。

这样反复唱了三遍，听的人都惊得耸起耳朵，瞠目而视。入道相国也很赏识，说道：“你的时行曲调唱得很妙，那么舞也一定是很好的喽！且舞一回看，叫打鼓的来。”便把打鼓的人唤来，阿佛便跟着鼓声舞了一回。

阿佛从发型到容貌，都那么妩媚多姿，声音节奏也都很美，那舞当然也是再好不过的了。入道相国看得入了迷，把整个的心都移到阿佛这边来了，还要把阿佛留下。阿佛说道：“这是怎么了？本来我是不召自来的，已经奉命退去，祇王恳切请求，这才召了回来。假如这样把我留下，祇王的心情会如何？我也会觉得惭愧，还是早些让我出去吧。”但是入道相国说道：“这是绝对不行的，既然祇王在这里你有顾虑，那么就叫祇王出去好了。”阿佛说：“这是怎么回事？把我和祇王一起留下，我还觉得不安；要将祇王赶走留下我一人，更使我心里惭愧了。如果以后您想起我，叫我再来，我会来的。今天就让我先辞了吧。”入道相国却说道：“这怎么行，叫祇王赶紧出去吧！”就叫人接连去催了三遍。

祇　王

平清盛请祇王到御前唱歌起舞。图为祇王起舞的英姿。本图选自《奈良绘本·平家物语》，绘于江户时代中期。

本来祇王已经预料到会有这种事，却没有想到就在眼前。多次接到赶紧出去的催促之后，便拂拭洒扫，收拾一下散乱的东西，准备动身了。可是，常言道：同在一树下投宿，同在一河里汲水，都是前生的缘分。如今要离别了，总不免有些伤感，况且这是已经住了三年的地方，所以更加留恋悲伤，流下了许多于事无补的眼泪。可是留恋有什么用呢？终归要离去的。祇王想到将和这里永别，须留下一点痕迹做纪念，便啼哭着在纸隔扇上写下一首短歌：

同是原上草，
何论枯与荣；
他日秋霜至，
一样化灰土。

随后就坐了车，回到自己家里。

（第一卷）

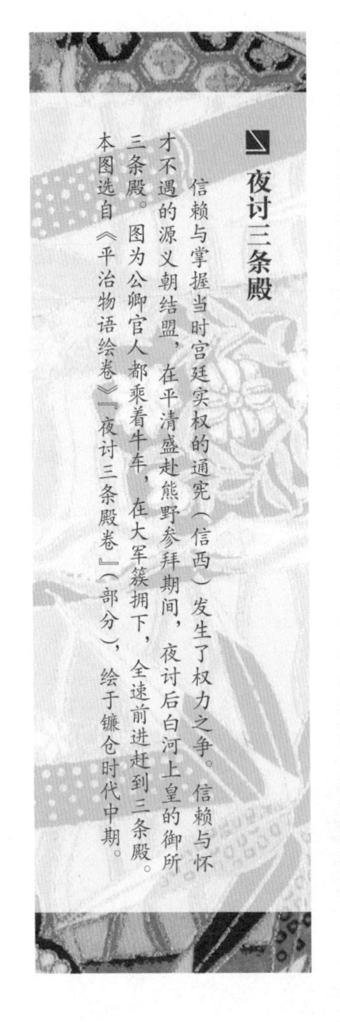

夜讨三条殿

信赖与掌握当时宫廷实权的通宪（信西）发生了权力之争。信赖与怀才不遇的源义朝结盟，在平清盛赴熊野参拜期间，夜讨后白河上皇的御所三条殿。图为公卿官人都乘着牛车，在大军簇拥下，全速前进赶到三条殿。本图选自《平治物语绘卷》『夜讨三条殿卷』（部分），绘于镰仓时代中期。

火烧清水寺

延历寺［天台宗的总寺院，与法相宗的总寺院兴福寺在政治上都很有势力，并拥有僧兵］的僧众，对于兴福寺方面的胡作非为［在二条天皇的葬仪上因立匾的事与延历寺发生纠纷，将延历寺的匾额砍得粉碎］本来可以进行反抗，但他们似乎有更多的顾虑，一句话也没说。天皇刚刚晏驾，无情的草木也该各带愁容，如今这般胡闹，实属不堪，所以无论贵贱都神魂不安，各自散去了。永万元年（1165年）九月二十九日午时左右，延历寺的僧众大举下山，向着京城出发。武士和检非违使向西坂本奔驰而去，想要阻止他们，但是僧众全不理睬，突破防线，进入京城。当时不知哪里传出流言，说这是后白河上皇传谕山门僧众，来讨伐平氏的。于是近卫军聚集在宫里，守住宫门；平氏一家的人，奔集于六波罗。后白河上皇也急忙临幸六波罗。这时清盛公任职大纳言，也大为惊恐。但是小松公［清盛的长子重盛］说道："哪里会有这样的事呢？"极力劝众人镇静。但是，上下人等均感不安，很是惊恐。可是山门僧众并不向六波罗来，却朝着与平家毫不相干的清水寺冲去，把那里的佛阁僧坊，一间不剩地烧掉了。据说这是为了雪洗二条天皇葬仪之夜的

耻辱，因为清水寺是附属于兴福寺的寺院。清水寺被烧的次晨，大门前立了一块牌子，上写："念彼观音力，火坑变成池。且看究竟！"次日，另立了一块木牌，上写："历劫不思议，人力所不及。"

延历寺僧众回山之后，后白河上皇也从六波罗回宫去了。上皇回宫只有重盛卿一个人随侍，清盛公因有戒心没有去。重盛卿送驾回来的时候，清盛公对他说："上皇临幸我家，令人颇觉惊恐。想必上皇平素透露过这个意思，才有这样的流言。你也不要太大意了。"重盛卿说道："这个意思，从上皇的态度上、言语上，绝没有表示出来过。让人们有这样的感觉，对我们是很不利的。在这个时候，不要违背上皇的旨意，对别人也关照些，一定可以得到神佛的保佑。这样，父亲也就不必担忧了。"说完就走开了。清盛公说道："重盛未免太心宽了！"

火烧三条殿

熊熊的大火正在燃烧后白河上皇的御所三条殿，两军对阵，白刃相见。图为宏大壮烈的战斗场景。本图选自《平治物语绘卷》“夜讨三条殿卷”，绘于镰仓时代中期。

后白河上皇回宫以后，亲近的臣僚聚集到他面前。上皇说道："流传着这样的流言，我却一点都不曾想到。"那时上皇宫里有一个很得势的人，名叫西光法师，他进前说道："俗语说得好：'天公无口，叫人代言。'平氏的专横也太过分了，这是天意示警呀。"别人听了都说："这话不大好。隔墙有耳，可怕可怕！"

（第一卷）

与殿下争道

却说后白河上皇，于嘉应元年（1169年）七月十六日出家了。但是，出家之后，仍然摄理朝政，院里与宫中没有什么区别。院里亲近信用的公卿和殿上人，以及警卫武士，官位俸禄都很优厚。可是人心总是不知满足，平素亲密的人常聚在一起，互相私语道："唉，某人若是死了，那个国守便出了缺；没有那人，我就可以补上了。"上皇自己也私下说道："从前，历代平乱的人不在少数，却并没有像平氏这样的。平贞盛与藤原秀乡剿平了平将门，源赖义灭了安部贞任与宗任，源义家攻下了清原武衡与宗衡，论功行赏，也只是地方的国守罢了。现在清盛这样肆意胡为，实属悖于事理。因为如今是佛法濒于末世，王法已趋衰微的时代了。"虽是这么说，皆因没有适当机会，并未对平家给以告诫，平家对于朝廷也没有什么不满，但是滋扰世间的事却时有发生。嘉应二年十月十六日，小松公的次子新三位中将资盛，当时任越前守，年方十三岁，时值微雪初霁，见野景着实有趣，便率领年轻武士三十余骑，从莲台野、柴野，走到右近马场，放出许多鹰去，追捕鹌鹑和云雀，打了一天猎，到了薄暮才折回六波罗。

当时的摄政藤原基房殿下，偏巧从中御门东洞院的邸宅进宫去。应该是从郁芳门进入大内，所以要从东洞院朝南，再从大炊御门往西走去。当行至大炊御门，资盛正好和殿下的卤簿相遇。殿下的随从急忙喊道："什么人，敢这样无礼！这是殿下出行，快下马！下马！"可是资盛十分傲慢，把世间的一切都不放在眼里，率领的那班武士都是不满二十岁的青年，不懂得下马致敬，反而想要冲过去。这时天色已经薄暮，殿下的随从没人认出马上的乃是入道相国的孙子，或者虽是认得也佯装不知，于是把资盛以及所有那些武士都从马上拉下来，并且加以羞辱。资盛非常狼狈地回到六波罗，把这事禀告给入道相国。入道相国大为生气，说道：

“纵使是殿下，对于净海一家的人也应该有些斟酌，况且对于年幼的人，毫不容情地加以羞辱，实在太可恨了。出了这件事，此后会被人家看不起的，应该叫殿下认识到这一点，对于殿下非报复一下不可。”重盛听了，说道：“不，这没什么值得介意的。假如是被赖政、光基等源氏一门的人所欺侮，那真是平家的耻辱。现在是重盛的儿子遇见殿下出行，却不知下马致敬，这是十分失礼的事情。”随后还把那些武士召集到跟前，告诫说：“从今以后你们要小心留意，我还要跟殿下赔礼呢！”说完就回去了。

后来，入道相国也不同小松公商量，便召集乡下的武士难波次郎经远、濑尾太郎兼康等六十余人，他们都是些不懂礼仪，除了入道公的话什么都不听的人。入道公对他们说：“本月二十一日，摄政殿下为商洽主上冠礼的事要进宫里去，你们可在路上适当的地方等着，把卤簿侍从的发髻剪掉，给资盛雪耻。”这件事，

藤原基房做梦也没想到。为了商量主上明年举行冠礼以及加冠、拜宫的事，需要先到摄政大臣在宫中的公馆去，因此，这一天藤原基房的仪仗比平日更是隆重，这回是从侍贤门进去，从中御门一直往西。在猪熊堀河旁边，六波罗的兵三百余骑全身甲胄，把殿下包围在当中，前后同时发出喊声，将今天装束得格外整齐的卤簿侍从到处追赶，拉下马来，肆意凌辱，随后一个一个地剪下发髻。侍从共有十人，其中右近卫府的府生武基的发髻也被剪掉了。在剪去藏人大夫藤原隆教的发髻时，还特地警告说："不要以为这是剪你的发髻，这是剪你主人的发髻。"随后还把弓梢伸进车子里去，将车上的帘子打下，把牛车的前后套绳都割断了。将藤原基房的仪仗弄得十分凌乱之后，才发出喜悦的喊声，跑回六波罗。入道相国知晓后说道："干得很利索。"殿下随车的侍从中有一个是当过因幡的先使的人，他家乡在鸟羽，名叫国久丸，资望虽然还浅，却很重情义，他一路哭着侍候殿下的御车，回到中御门的府邸。似这般用庄严的礼服袖子掩住眼泪、啼泣而归的卤簿行列，其窘状真是难以形容。大织冠、淡海公的时代，是不必说了；就是忠仁公、昭宣公以来各位摄政关白，也没听说过这样的事。这是平家恶行的开始。

小松公得知这件事，大为惊骇。他把一同出去的武士们都处分了，又说："入道相国下这种奇怪的命令，重盛连做梦也没想到，这件事都怪资盛不好，俗语

与殿下争道

后白河上皇出家后，由藤原基房殿下摄政，他进宫之时，平清盛纠集六波罗的兵三百余骑，包围殿下。图为六波罗的兵把弓梢伸进殿下的车子里，将车上的帘子打下，弄得一派凌乱。本图选自《平家物语绘卷》，绘于江户时代中期。

说柟檀萌发两片叶子就散发芬芳，现在已经十二三岁的人，理应懂得礼仪，按礼行事，如今竟干出这种蠢事，使入道相国蒙受恶名，真是不孝之极，全是他一个人的罪过。”随后就让资盛暂时到伊势去了。君臣上下对小松公的这个处置都很赞赏。

（第一卷）

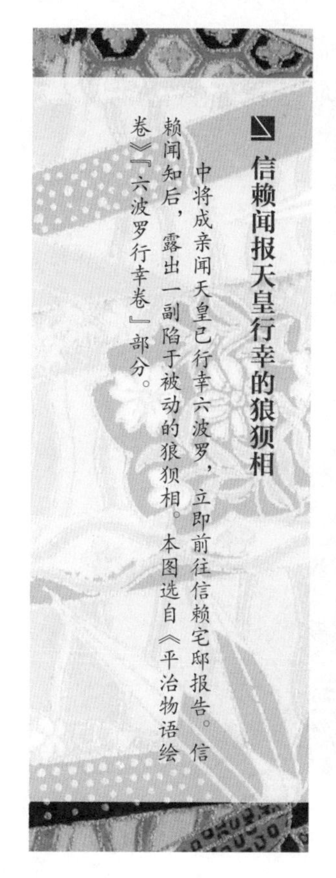

信赖闻报天皇行幸的狼狈相

中将成亲闻天皇已行幸六波罗，立即前往信赖宅邸报告。信赖闻知后，露出一副陷于被动的狼狈相。本图选自《平治物语绘卷》『六波罗行幸卷』部分。

鹿　谷

为了这件事，那天原定商议天皇冠礼的事只好推迟了，到了二十五日，才在后白河法皇的法住寺殿上开了会议。对于摄政公平清盛当然应该有所奖慰，乃于十一月九日事先宣旨，于十四日升进其为太政大臣。平清盛于同月举行了谢恩仪式。但是世间的反应似乎很冷淡。这一年就这样过去了。

那时候封官加爵，并不是出于上皇天皇的意思，也不由摄政关白决定，却全由平家独自专断，所以没有论资排辈给德大寺和花山院官位，而是把入道相国的长子小松公由大纳言右大将调为左大将，次子宗盛中纳言越过更有资历的人补了右大将的缺，这实在是说不过去的事。

其中德大寺公乃是首席大纳言，他门第高贵，才学优异，而且是本家的嫡嗣，这回被门第平常的平家次子宗盛超越过去，自是愤愤不平。人们都私下议论："怕是要出家了吧？"但是他本人却说暂时观望一下形势，所以只辞去了大纳言，隐退下来。新大纳言成亲卿却说道："若是给德大寺或花山院超越了过去，那当

然没有办法，这回却被平家的次子宗盛超越了过去，实在有点不甘心。想办法灭了平家,实现我的本愿才好。”这用心实在太可怕了。成亲卿的父亲只做到中纳言，他是最小的儿子，却晋至正二位，官居大纳言，下赐领地也不少，子弟家人悉荷朝恩，还有什么不足，却动了这样的念头呢？这全是天魔在作祟吧。他在平治之乱的时候，是越后守兼近卫中将，是信赖卿的同党，本来已经定了死刑，经小松公重盛卿的一力解救，才得以保全性命。但是现在却忘记了这个恩情，在非常秘密的地方准备武器，召集军兵，专心谋划讨伐平氏的事。

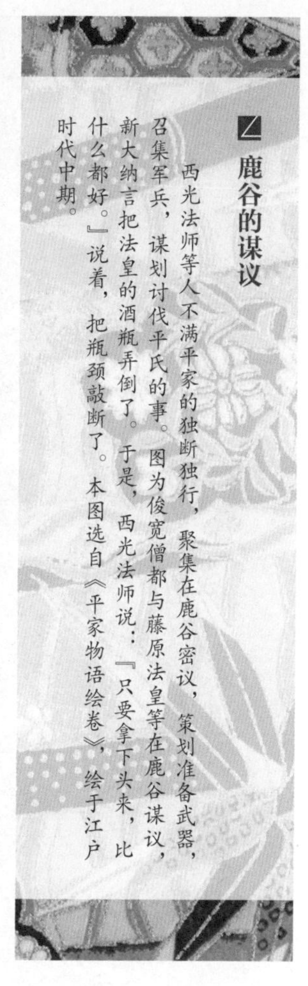

鹿谷的谋议

西光法师等人不满平家的独断独行，聚集在鹿谷密议，策划准备武器，召集军兵，谋划讨伐平氏的事。图为俊宽僧都与藤原法皇等在鹿谷谋议，新大纳言把法皇的酒瓶弄倒了。于是，西光法师说：『只要拿下头来，比什么都好。』说着，把瓶颈敲断了。本图选自《平家物语绘卷》，绘于江户时代中期。

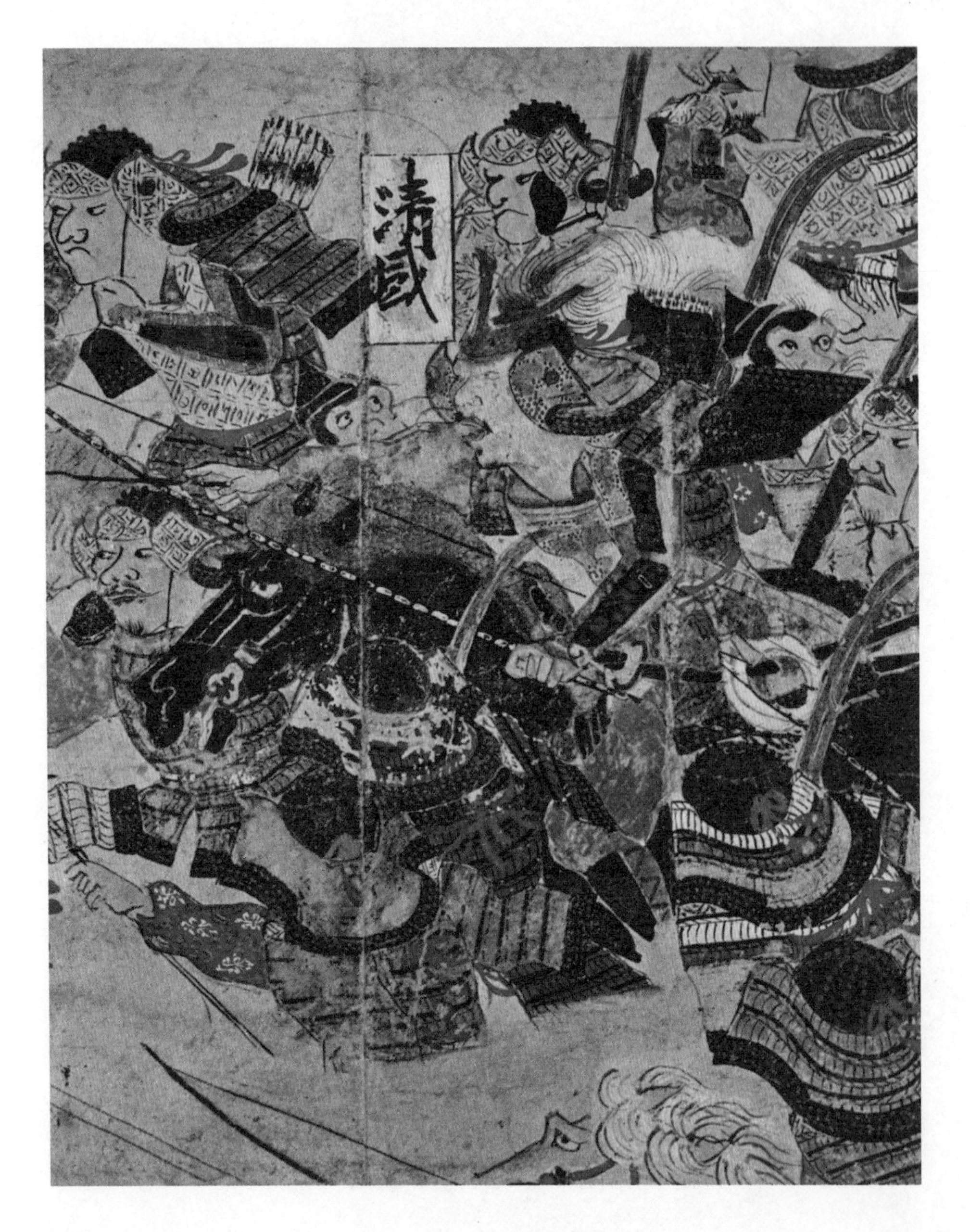
清盛

在东山的山麓有个叫作鹿谷的地方，后边与三井寺相连，有一所很像样的城郭，这乃是俊宽僧都的山庄。成亲一党的人时常聚集在那里，谋划如何消灭平家。有一天法皇也行幸到那里，藤原通宪的儿子净宪法印随侍在侧。晚上宴会，法皇与通宪等谈及此事时，净宪法印说："啊呀！可不得了，许多人都听着，很快就会泄露出去，成为轰动天下的大事了。"新大纳言听了，露出很不高兴的表情，突然站了起来，不小心把法皇面前的酒瓶子带倒了。法皇问道："这是怎么啦？"大纳言回过神来说道："平氏（瓶子）倒了！"法皇听了笑道："大家都来演一出猿乐［自唐代由中国传入的杂技］吧！"平判官康赖出来说道："呀，因为平氏（瓶子）太多，所以喝醉了。"俊宽僧都说道："那么，怎样处置这些才好呢？"西光法师说道："只要拿下头来，比什么都好。"说着便把瓶子的颈敲断了，随即离席而去。

净宪法印看了这种狂态，吃惊匪浅，无话可说，只是觉得十分可怕。那些同谋的人有近江中将入道莲净［俗名成雅］、法胜寺执行俊宽僧都、山城守中原基兼、式部大辅正纲、平判官康赖、宗判官信房、新平判官资行、摄津国源氏多田藏人行纲，此外还有不少近卫军中的武士也参与了这项预谋。

（第一卷）

平清盛上阵

源义朝率源家军开始进攻清盛的六波罗宅邸，清盛率部迎战。图为清盛上阵迎击源家军的雄姿。本图选自《平治物语绘卷》"六波罗会战卷"残片。

抬神舆

山门僧众多次奏请法皇把国司加贺守师高处以流放，将代理国司近藤判官师经下狱，法皇迟迟没有裁决，所以日吉神社每年四月例行的祭礼临时中止了。安元三年（1777 年）四月十三日辰时一刻，十禅师、客人、八王子三社的神舆装饰好了，抬到了宫门口。在垂松、切堤、贺茂河原、纠森、梅忠、柳原、东北院一带地方，到处都是没有官位的僧众、神官、神宫中的杂役、下法师等人，不计其数。神舆从一条大街往西行进，使得街巷生辉，有如日月落地。于是，朝廷命令源、平两家的大将军防守四面宫门，阻止僧众侵入。平家方面由小松内大臣左大将重盛公率领军兵三千余人，固守宫廷前面的阳明、待贤、郁芳三门：他的兄弟宗盛、知盛、重衡，叔父赖盛、教盛、经盛等，固守西南的宫门。源氏方面则有大内守护三位源赖政卿，渡边省和他的儿子授充做主将，军兵一共三百余人，固守北边的门户缝殿一带，由于地面广阔，兵力又少，所以显得人影寥寥。

僧众因见那边兵力薄弱，决意从北门缝殿防地将神舆抬进去。赖政卿也是很精明的人，便跳下马来，脱去头盔，在神舆前礼拜，兵丁也都跟着行礼。随

抬御舆入京

平、源两氏谨事朝廷，有不服王化者，则共同加以惩处。保元之乱源为义被诛，平治之乱源义朝伏法，就只剩下平氏家族繁荣了。鸟羽天皇刚晏驾后，平、源两氏不从后白河上皇，仍是兵戈相见，世无宁日。图为比睿山延历寺僧兵听从后白河上皇传谕山门来讨伐平氏，于是大举下山，向着京城进发。本图选自《平家物语图贴画屏风》(部分)，绘于室町时代后期。

火烧信赖住所的平家武将

在六波罗交战中，平家军乘胜追击，火烧信赖三处住所和义朝的六条堀河馆，最后以源氏失败而告终，平氏家族进入全盛期。图为火烧信赖住所的平家武将。本图选自《平治物语绘卷》“六波罗会战卷”残片。

后派一个使者到僧众中去传达旨意。这使者乃是渡边的人，名叫长七唱，他那天穿的是青中带黄的曲霉色的长袍，黄色的铠甲上缀染出小樱花的革片，挎着一把用赤铜装饰的大刀，背着一筒白翎箭，胁下是藤缠的弓。他脱下头盔，挂在肩头的纽结上，在神舆前跪下说道："诸位僧众，源三位公叫我来说几句话。这次山门提出的诉讼，当然十分有理，但朝廷迟迟没有裁决，在旁观者看来也觉得很遗憾。至于抬神舆入宫，这方面也没什么异议，只是赖政兵力单薄，假如把门打开，从这边阵地进去，日后会留下话柄，让京中的小伙子说'山门的僧众垂下眼角笑嘻嘻地走进去了'。放神舆进去是违背诏旨的，若是阻挡呢，对我们向来崇奉的医王山王就难免冒犯，从今以后也就只得和弓矢作别了。这事的确让我们左右为难。东边的阵地由小松公率重兵防守着，还是请从那边进去吧。"长七唱这样说了，神官和杂役们一时很踌躇，其中有个年轻人说道："没什么关系，就从这门抬进去吧。"但是有一个叫摄津竖者豪运的，他在比睿山各寺院僧众之中最有计谋，出来说道："他说的很有道理。我们既然有神舆在前，出来诉讼，当然要突破重兵，才能名闻后世。还有一点，这赖政卿乃是六孙王的后裔，源氏的嫡系正统，自从操持兵仗以来不曾听说有过失败，不只是武艺，就连咏歌也很高超。近卫天皇在位的时候，赖政卿曾咏出一首有名的歌来：

深山隐树影，

唯见樱花俏。

很受大家赞赏，这样的风流武士，现在不该使之受辱，将神舆退回去吧。"他这样提议，数千僧众，从阵前到阵后，都赞成说："极是，极是。"于是便抬了

平清盛上阵

六波罗会战中，平清盛备黑马上阵。本图为俵屋宗达画扇面画《六波罗会战绘》，绘于江户时代初期。

神舆向东边的阵地走去。刚要从待贤门进去的时候，冲突就发生了，武士们的箭镞纷纷射来，连十禅师的神舆也中了箭，神官和杂役有的被射死，僧众也有许多负了伤。喊叫的声音可以上达云霄，神佛也要震惊了。僧众就把神舆丢在宫门口，哭哭啼啼地回到本山去了。

（第一卷）

西光被斩

在山门骚动事件发生之后，新大纳言成亲卿只好把自己报私怨的事暂时搁置起来。虽说这事已经谋划就绪，但只不过是纸上谈兵，实际上是没有成功希望的。首先，他付以重托的多田藏人行纲就觉得此事不会有好结果。他冷静观察形势，觉得平家愈益得势，不是一时可以轻易灭亡的，后悔不该参加这无益的事，而且万一泄露出去，会给自己带来横祸，莫如趁着别人尚未说出的时候，先行倒戈，以求活命。

五月二十九日深夜，行纲来到西八条府邸，入道相国亲自走到中门的廊下，问道："夜已很深了，这时候来，有什么事呢？"行纲答道："因为怕白天被人看见，所以趁黑夜到这里来。近来法皇身边的人整理兵仗，召集军兵，意欲何为，您可有所闻吗？"入道相国若无其事地说道："听说那是要攻比睿山吧！"行纲走上前去，低声说道："不是那么回事，全然是对着你们一家的。""那么法皇也知道此事吗？""当真是的。成亲卿召集军兵，奉的就是法皇旨意。"于是，俊宽怎么说，康赖怎么说，西光又是怎么说，从头至尾，行纲都加以渲染地叙述了一遍。随后说道："那么就告辞了。"便退了出去。入道相国大惊，立即召唤武士，那声音的严厉听了令人生畏。行纲匆忙地说出了大事，又怕被当作证人受到连累，心里觉得像放了野火似的，虽然并无人追赶，仍撩起裤腿匆匆逃出门外去了。入道相国先把筑后守贞能叫来说道："想要打倒我家、图谋不轨的人，布满京城，立即通知全家的人，让武士们集合！"说了之后，便着人到处传唤。于是右大将宗盛卿、三位中将知盛、头中将重衡、左马头行盛等，各个穿好甲胄，带上弓箭，疾驰而来。其他军兵也如风驰云涌一般前来集会。当天夜里，在西八条总共聚集了六七千骑。

次日，入道相国先差遣杂役前往中御门乌丸的新大纳言成亲卿的府邸，说道：

"入道相国有事相商，请您快去。"大纳言完全不曾想到是关于自己的事，心想："这大概是因为法皇要攻比睿山，入道相国想加以劝阻吧！可是法皇积怒很深，恐怕难以平息呢。"便穿了柔软合体的便服，坐上华丽牛车，带上三四个武士，杂役和牛倌也都穿得比平常考究，就这样出发了。他事后才知道，这是他最后一次出门。当他走进西八条时，只见沿路四五町〔一町约等于 109 米〕远，满是军兵，心想："这许多兵，是怎么回事？"不免有点惊慌。从车上下来，走进相国府邸一看，只见里边也挤满了军兵，没一点儿空隙。在中门口，早有凶恶的武士在那里守候着，他们上前捉住大纳言的两只手，问道："这就捆起来吗？"入道相国从帘内看着说道："不能这样。"于是武士十四五人，前后左右包围着，把大纳言拖到廊上，关在一间房里。大纳言好像做梦一般，不知这是怎么回事。他的武士被隔得很远，无法照应；杂役和牛倌大惊失色，丢下牛车逃走了。

这时，近江中将入道莲净、法胜寺执行俊宽僧都、山城守中原基兼、式部大辅正纲、平判官康赖、宗判官信房、新平判官资行，也都被抓了过来。

西光法师听得此事，觉得灾难即将临头，便快马加鞭，奔向法皇居住的法住寺殿。在路上遇着了平家的武士，向他说道："入道相国正叫你，快去吧！"西光答道："我有事上奏，要往法住寺殿去，随后就来。"武士们道："狡黠的家伙，你有什么事上奏！别瞎说啦！"说着便把他拖下马，悬空捆起，横放到马上，带到西八条来。

群众围观信西首级

信赖大军火烧三条殿及信西宅邸后，信西逃到奈良郊野，最终还是被搜捕出来，斩首后首级被悬挂在狱门上示众。图为群众在仰头观望着悬挂在狱门上的信西首级。本图选自《平治物语绘卷》"信西卷"部分。

因为他是主谋之人，所以捆得特别紧，最后被带到院子里。入道相国在宽廊上说道：“这个想打倒我平家的人，看这落魄的样子！把这厮拉到这边来！”叫人拖过来之后，入道相国在他脸上着实踹了几脚道：“你们本是下贱人，因为侍候法皇，你们做上了不该做的官职，父子都过着非凡的生活，结果还要把全无过错的天台座主弄成流罪，引起天下动乱，而且又要谋反，灭亡我家，你这厮要从实招来！”西光法师本来也是倔强不屈的硬汉，他面不改色，心内不慌，坐正了身子冷笑道：“说些什么！正是你入道公自己，行事多有过分。别人不知道，我西光知道的就不胜列举。我在法皇院中供职，管理院中事务的成亲卿以法皇钦旨召集军兵的事，我当然不会毫无所闻。我知道的事岂止这些，尊驾乃是已故刑部卿忠盛的儿子，十四五岁时还没有出仕宫中，只是在故中御门藤中纳言家成卿那里出出进进，京中的年轻人都叫你高平太。在保延年间因为奉了大将军的命令，捉到海贼头目三十余人，论功行赏，得了四品官，升为四位兵卫佐，当时就有人说过分了。殿上人耻与为伍的人的子孙，竟当了太政大臣，那才真是过分了呢。以宫中武士出身的人，做国司和检非违使，是不乏先例的，怎么可以说我是过分呢！”毫不畏惧的回答，气得入道相国一时说不出话来，过了半晌才说道：“这厮的脑袋不要一下子就砍了，要好好地审问。”松浦太郎重俊奉命把西光的手脚捆了起来，施以种种拷问。西光本来就没有隐瞒的意思，加之拷问严切，便毫无保留地招认了，写了四五张供状。入道相国下令说：“把这厮的嘴撕开！”于是西光法师就被撕裂了嘴巴，拉到五条西朱雀地方斩了首。他的儿子前加贺守师高，已经被流放到尾张国的井户田，于是入道相国就命令该国小胡麻郡的郡司维季就地予以处决。西光法师的次子近藤判官师经，被从监狱拉出来，在六条河原处斩；他的兄弟左卫门慰师平以及从人三人，也都被斩首。

（第二卷）

大纳言死去

法胜寺执行俊宽僧都、平判官康赖以及丹波少将成经，都被流放到属于萨摩国的鬼界岛。鬼界岛远离京城，需要经过长途跋涉才能到达，平常很少有船只往来，岛上人烟稀少；偶尔也能看到当地的土著，他们与内地的人不同，色黑如牛，身上多毛，语言难懂。既不耕作山田，没有米谷之类；也不采桑养蚕，更没有绢帛等物。岛中有高山，长久喷着火，到处充满硫黄，因此也叫硫黄岛。雷鸣之声由山上滚到山下，又由山下滚到山上，山脚下常常是豪雨淋漓，简直是人类一时片刻也难以生存的地方。

新大纳言成亲原以为到了发配的地方可以稍稍轻松一些，可是听说儿子丹波少将已被发配到鬼界岛去，便觉得没什么可期待的了，于是便托人转告小松公，说自己愿意出家。在告知法皇，得到准许之后，遂即出家了。与荣华富贵诀别，穿上与俗世隔绝的黑色法衣，大纳言完全变成落魄的样子了。

大纳言夫人隐居在京都北山云林院附近。本来，在通常情况下住在不习惯的地方是很艰难的，何况现在又要隐忍，日子就更加不好过了。原先虽然有许多女官和武士，可是他们或是怕世间议论，或是怕被人看见，来到大纳言夫人跟前看望的便一个也没有了。但是其中有一个名叫源左卫门慰信俊的武士，特别情深，时常前来慰问。有一天夫人召信俊前来说道："以前我听说大纳言是在备前的儿岛，近来又得知是在有木别院。我想能有个人去一趟，带着我的信去，得到他的回信才好。"信俊掩泪说道："我从年幼的时候承蒙恩宠，片刻未曾离开主人左右。我原来想与主人一同流放，但是六波罗方面不曾许可，所以没有法子。主人叫我的声音，还留在耳际；有时加以训诫，那言语还铭刻在心，一时片刻也没有忘记。这回让我送信到有木别院，纵使途中遇到任何不幸，我也在所不惜。"夫人听了

天皇行幸

平清盛闻信西被斩首后，赶回都城。此时与平清盛联络上的天皇，为逃脱信赖之手，化装成女官的模样，夜半在平家将士的护卫下，悄悄地乘牛车行幸到了六波罗。本图选自《平治物语绘卷》“六波罗行幸卷”部分。

很是喜悦，便即写了信，幼小的孩儿们也都附了信札。

信俊拿了书信，便前往遥远的备前国有木别院。信俊先把来意告知看管的武士难波次郎经远。经远对于他的至诚很是感动，就立即带他去会见大纳言了。大纳言正在叨念京城里的事情，很是叹息愁闷，忽然听人说道："信俊从京城来了。"便说："该不是做梦吧？"立即站起来，说道："这里来，这里来。"信俊近前看时，住处的简陋固不必说，看到那一身黑色的法衣，便觉得两眼发昏，心也似乎停止了跳动。他把夫人的种种叮嘱细细说了一遍，取出信奉上。大纳言打开看时，信上的字迹被眼泪遮住了，不大看得清楚。只见上面写道："幼小的儿女们都是很怀念、悲伤的样子，我自己的相思之情更是难忍难禁。"看到这里，大纳言觉得比起夫人的深情来，自己平日的怀念之情是算不了什么的。

过了四五日，信俊说道："我想留在此地，直到看到您百年之后。"但是，看管的武士难波次郎经远多次言说此事万万不可。迫不得已，大纳言便说："那么，回去吧。"又说："我不久恐怕便要被杀了。假如听到我已不在人世，务必留意为我的后世祈福吧！"写了回信，交给信俊。信俊告别说："我一定再来看望。"大纳言道："我怕等不到你再来了。往后恐难再相见，再待一会儿、再待一会儿。"这样说着，一次又一次地把已经离开的信俊喊回来。

成亲惨死

清盛怀疑新大纳言成亲与泄密事有关，欲诛戮之。在众人的劝说之下，将成亲流放到萨摩国鬼界岛，之后又悄悄命人将成亲暗杀了。图为清盛的人将成亲推落悬崖的情形。本图选自《平家物语绘卷》，绘于江户时代中期。

可是，老这样也不成，信俊只好掩泪回京去了。拿出信来送给夫人。夫人打开信俊带回来的信一看，里面有大纳言出家时剃下的一缕头发，卷在书简的末端。夫人连第二眼也不忍看，只是说："现在看到这个纪念，倒叫人悔恨。"便俯身恸哭，幼小的儿女也都放声号哭起来。

且说大纳言终于在当年八月十九日，在备前、备中两国交界处庭濑乡吉备的中山北方，被人杀害了。关于大纳言被害的情形，京城里有种种传说。最初说是酒里下了毒，劝他吃，可是没有成功；后来又说是在两丈高的山崖底下，竖起铁叉，把大纳言推了下去，手段之残酷是前所未有的。

大纳言夫人听说丈夫已不在人世，便说道："只因为还想能够看见他的姿容，并且也让他看一看我的情状，所以至今没有改装，现在再也没什么指望了。"就在菩提院里出了家，依照规矩举行法事，为后世祈求冥福。这位夫人乃是山城守敦方的女儿，据说是无比的美人，很受后白河法皇宠爱，因为成亲卿是法皇眼前少有的宠臣，所以下赐给他。大纳言幼小的儿女们也各自折花，在佛前掬水，为父亲祈祷冥福，情形着实可哀。这样的时移势去，世道遽变，真与天人五哀没什么不同呀！

（第二卷）

平氏迎接天皇行幸

平氏全家席地而坐于门前左右，恭迎抵达六波罗的天皇及其扈从。透过牛车掀起的后帘，可以窥见天皇奉安的体态。此后，平家军很快就成为官家军。本图选自《平家物语绘卷》"六波罗行幸卷"部分。

高僧赖豪

白河天皇在位的时候，关白藤原师实的女儿被立为皇后，称为贤子中宫，最得宠幸，天皇希望她生一皇子。当时听说三井寺有个极有效验的僧人，名叫赖豪阿阇梨，便召来，命令道："你去祈祷让皇后生一皇子，如能应验，奖赏可由你说，无不应允。"赖豪答道："这事不难。"他回到三井寺，一心一意地祈祷了一百天，中宫果然怀了孕，承保元年（1074年）十二月十六日平安分娩，生了一个皇子。天皇喜不自胜，便将赖豪召来问道："你的愿望是什么？"赖豪答说希望在三井寺建立一个戒坛。天皇道："这愿望出乎意料，我以为你要升为僧正呢。本来皇子诞生，继承皇祚，只盼望海内平安无事。若是依了你的愿望，山门一定愤怒，世上便不能安静了。两方寺院打起仗来，天台的佛法也要灭亡了。"因此没有应允他的要求。

赖豪觉得十分遗憾，回到三井寺，准备绝食而死。天皇听了大为吃惊，便召当时还任职为美作守的大江匡房说道："听说你与赖豪有师檀［讲经说法的师范与听讲的檀越，犹言师徒关系］之谊，可去劝劝他。"美作守领命而去，要向赖豪传达旨意，可是赖豪躲在香火缭绕的佛堂里，用可怕的声音说道："正所谓'天子无戏言'，'纶言如汗'。连这一点要求都不能满足，那么由我祈祷而生的皇子，就让我取走，带到魔道里去吧！"始终未肯与美作守见面。美作守回去，奏闻了经过。赖豪不久就饿死了。天皇得知，十分惊异。皇子随即生了病，虽然做了种种祈祷，但不见有何效验。天皇常梦见一白发老僧，手执禅杖，站在皇子枕旁。这景象也常在天皇的幻觉中出现，可怕之至。

到了承历元年（1077年）八月六日，皇子死去，年甫四岁，谥号敦文亲王，天皇不胜悲叹。西京的天台座主良真大僧正当时被称为圆融坊僧都，也是有效验

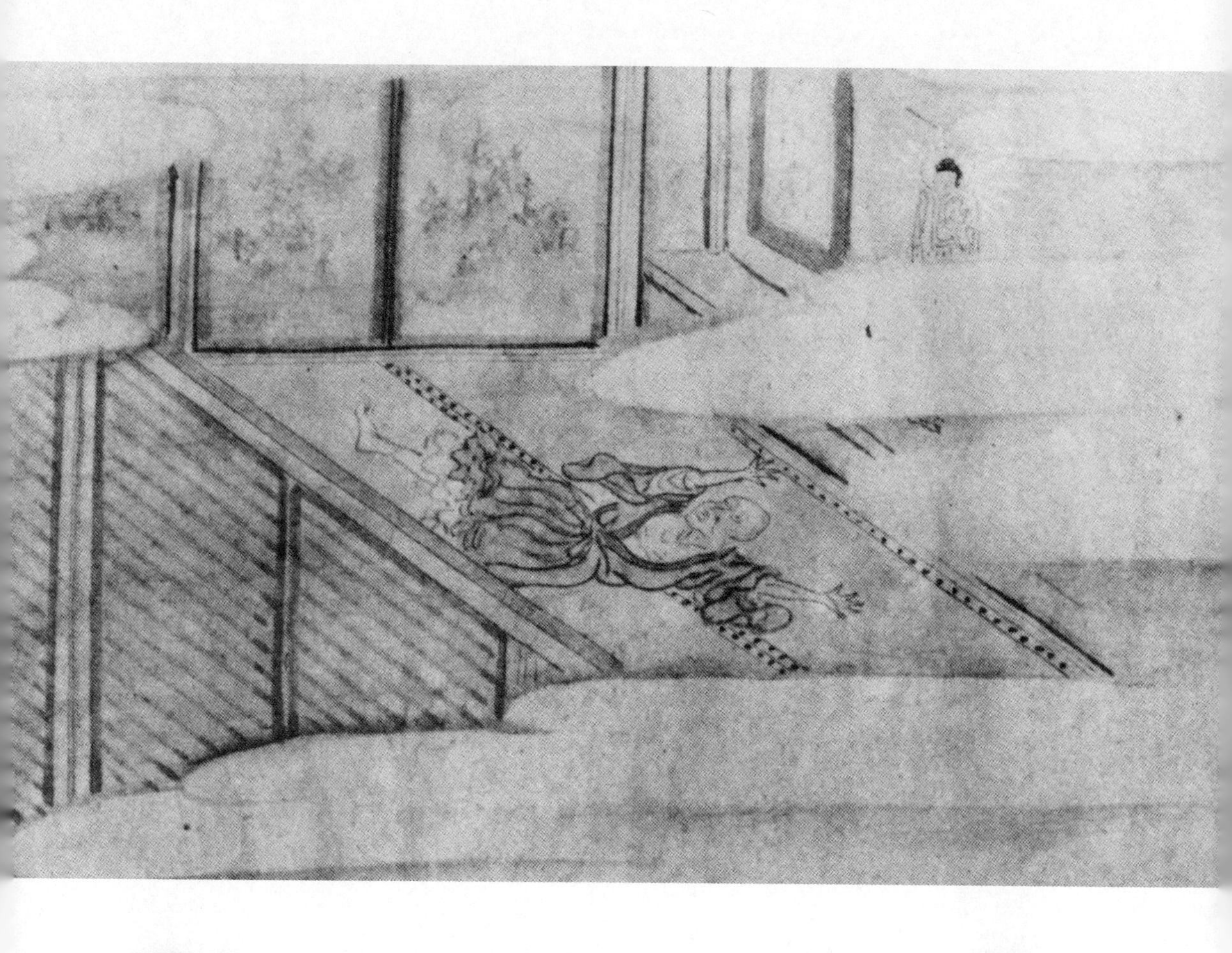

高僧赖豪

白河天皇希望中宫生一皇子，便召高僧赖豪祈祷，皇子诞生后，天皇未应允赖豪在寺内兴建戒坛之愿。图为赖豪大失所望，绝食而死。本图选自《白描·平家物语绘卷》(部分)，绘于室町时代。

的高僧，天皇把他召到宫里，问他道：“你看怎么办呢？”僧都答道：“这样的祈愿，凭我们比睿山的法力，不论什么时候都是可以成就的。九条右丞相因为与慈慧大僧正有情谊，所以冷泉天皇的皇子得以诞生，那是很容易的事。”他回到比睿山，在山大王面前披肝沥胆地祈祷了一百天，中宫果然在百日之内怀了孕，于承历三年七月九日平安分娩，生了一个皇子，即后来的堀河天皇。怨灵自古以来就是很可怕的，这回欣逢皇子诞生，须行大赦，唯独俊宽僧都一人不予赦免，不能不说是一件憾事。

同年十二月八日，皇子立为东宫。东宫傅是小松内大臣重盛公，东宫大夫是池中纳言赖盛卿。

（第三卷）

僮仆有王

流放到鬼界岛的三个人，两个蒙赦还京，只剩俊宽僧都一人继续做这荒凉孤岛的“岛守”，实在是很悲惨的。有一个名叫有王的僮仆，从小随侍在僧都左右，很受钟爱。他听说鬼界岛的流人已回京城，就到鸟羽来探问，却没有看到他的主人。问是怎么回事，答说：“因为罪重被留在岛上了。”听了这话，有王心里的悲伤是无法形容的。之后，常到六波罗那边探问，却总听不到赦免主人的消息，于是便

到僧都女儿隐居的地方，说道：“主人失去了这次大赦的机会，未能回家，我想设法到那岛上去，探寻一下他的行踪，请给主人写一封信吧。”僧都的女儿哭哭啼啼地写了信，交付与他。

他想若按礼辞别，父母未必准许，所以就没有告诉父母。通往大唐的商船照例是在四五月开航，若等到那时就太迟了，所以在三月底便搭船出发了。经过漫长的海路，终于到了萨摩的海边。在从萨摩往鬼界岛去的渡口，有王引起怀疑，被剥了衣服盘问。他没有一点后悔的样子，只想不能让人发现小姐的书信，便把它藏在自己的发髻里边。他终于搭乘一艘商人的船来到鬼界岛上。据他实地所见，原来在京中隐约听到的一些传

僮仆有王

主人俊宽僧都倒在沙滩上，昏迷过去，僮仆有王背着他来到家门前。这家在一簇松树之间，用竹子做支柱，结扎些芦苇，上下都铺满松叶，简陋得无法遮挡风雨。图为僮仆有王背着主人俊宽回到家门前的凄惨光景。本图选自《平家物语绘卷》，绘于江户时代中期。

闻简直算不了什么。这里没有水田，也没有旱地；没有村庄，也没有部落；虽然偶尔也有居民，但说的话却听不明白。有王心想这些人中或许有知道主人的行踪的，便说道："请问……"答道："什么事？"又问道："有一个从京城流放到这里的法胜寺执行，你知道他在哪里？"假如知道什么是法胜寺，什么叫执行，或许会回答出点什么，但他们只是摇头说"不知道"。其中有一个人似乎晓得一点情况，回答说："是的，那样的人有三个，两个人召了回去，进京去了，现在还剩下一个，到处流浪，究竟在哪里却不知道。"有王心想，或许在山里吧！便走得远远的，进到山里去。他上攀峻岭，下入幽谷，只见白云覆迹，往来之路不明，晴岚破梦，主人之面难睹。在山里不曾找到，便到海边去找，除了海滨白沙滩上聚集着水鸟，不见有任何人的踪影。

一天早晨，有王在海边发现一个像蜻蜓一样瘦弱的人踉踉跄跄地走着。看起来像个法师，头发朝天直愣愣地竖着，还粘着各种藻屑，就像戴着荆冠一般；关节处裸露出来，皮肤松塌塌的；穿的衣服也分不清是绢是布；一只手拿着拾来的海带，一只手拿着向渔人讨来的鱼：像是在走路，但又迈不开步伐，只是摇摇摆摆地向前挪步。有王心想："在京城我见过很多乞丐，却没见过这样的。据佛经上说：'诸阿修罗等住在大海边。'修罗住的三恶四趣在大海的边上，照此说来，我是落进饿鬼道了吗？"这样想着，彼此渐渐走近。但是觉得这个人或许知道主人的行踪，便对他说道："请问。"那人回答："什么事？"他又问道："有一个从京城流放到这里的法胜寺执行，你可知道他的行踪？"虽然僮仆有王认不出是主人，但僧都却认得出有王，他只说一声"我就是"，便将手里拿的东西失落在地，扑倒在沙滩上了。有王这才知道原来这就是主人的现状。僧都昏迷过去了，有王把他扶起，让他枕着自己的腿，哭哭啼啼地诉说道："有王来了。渡过长途海路，寻到这里，却也来不及了，竟让我看到这种惨象。"过了一会儿，僧都苏醒过来，有王扶他

坐起，僧都说道："你到这里来找我，我真的是很感激。我日日夜夜都在想着京城里的事，时常梦见妻子儿女，他们有时也化成幻觉出现在眼前。因为身体日渐衰弱，后来连梦幻和现实也分不清了，所以你来到跟前我还以为是在做梦呢！假如这真是做梦，醒了以后又怎样呢？"有王回答道："不是做梦，这是现实。看您这样子，活到今天真是不可思议。"僧都说："说得很对。自从去年召回少将和判官入道，扔下我一个人之后，那无依无靠的心情，是可想而知的了。那时本想投海自尽，但少将说'再等一下京城的消息吧'，听了这不可靠的安慰的话，便愚蠢地期待着，胡乱地活了下来。可是这岛上全然没有人吃的东西，身体还能支撑的时候，就爬上山去弄些硫黄，和九州岛来的商人换些食物；如今体力渐渐衰弱下来，这样的事已无力去做了。像这样天气晴朗的时候，便到海边向撒网垂钓的人，合十屈膝，讨些鲜鱼；潮退的时候，便去拣拾贝类，摘取海带，吃些海藻，苟延这朝露一般的性命，直到今日。不是这样，这苦难的人世还有什么办法度过呢！唉，我还有很多话要跟你说，快到我家去吧！"有王心想："落到这般模样还说有家，岂不奇怪吗？"边想边走，不觉来到一簇松树之间，用漂泊到海岸上的竹子做支柱，结扎些芦苇，架起横梁，上下都铺满松叶，看样子是无法挡住风雨的。从前做法胜寺执行的时候，掌管八十多处庄园，在厅堂楼阁之内，有四五百从人围绕其间。如今眼前所见竟是这般凄惨光景，真是不可思议呀！世人作孽，有各种各样的报应，有所谓顺现业、顺生业、顺后业。僧都一生所用的一切都是大伽蓝法胜寺的布施，按照佛经所说，这就是犯了"信施无惭之罪"，或许这就是现世受到了报应吧！

（第三卷）

桥头交战

高仓宫在宇治与三井寺之间的路上落马六次，据说这是因为昨夜未曾睡觉。于是随从便把宇治桥的桥板拆除了一段，让高仓宫进入平等院内暂时休息。六波罗方听说后说：“啊呀！高仓宫逃到奈良去了，追上去，除掉他！”于是以左兵卫督知盛、头中将重衡、左马头行盛、萨摩守忠度为大将军；武士大将有上总守忠真、其子上总太郎判官忠纲、飞驒太郎大夫判官景高、高桥判官长纲、河内判官秀国、武藏三郎左卫门有国、越中次郎兵卫尉盛嗣、上总五郎兵卫忠光、恶七兵卫景清。以上这些人为先锋，总共兵力有二万八千余骑，翻过木幡山，进抵宇治桥桥头。他们估计敌人在平等院，便高声呐喊三遍，高仓宫方面也齐声高喊。六波罗方面走在前头的人喊道：“桥板被拆掉了，小心跌下去。”但后面的人并未听见，仍然争先前进，把前面的人挤落桥下，有二百余骑落水淹死了。于是两军分据桥头两端，各自发出开始交战的响箭。

高仓宫方面的大矢俊长、五智院但马、渡边省、播磨授、源太续等，射出去的强弩，铠甲挡不住，盾牌也能穿透。源三位入道赖政穿着丝绸直裰，外罩蓝色细皮条缝缀并染成白色羊齿叶形的铠甲。好像认定今天就是他的末日，故意不戴头盔。嫡子伊豆守仲纲穿着红底的丝绸直裰，外罩黑丝缝缀的铠甲，因为要拉强弓，所以也没戴头盔。五智院但马把大长刀拔出来，独自一人走上桥去。平家的人看到便说：“射倒他，伙伴们！”善射的箭手们弯弓搭箭一支接一支地射了过去。五智院但马却不慌不忙，箭从上面射来就伏下身去，箭从下面射来就跳闪过去，从正面射来就用长刀拨开。不论敌人还是自己的伙伴，都看呆了。从此以后，人们称他为斩箭但马。

三井寺做杂活的一个僧侣，即筒井方面的净妙明秀，穿着褐色直裰，外罩

桥头交战（一）

僧兵将宇治桥的桥板拆除了一段，平家军不知情况，争先前进，后面的队伍把前面的人挤落桥下，有二百余骑落水淹死了。图为平家军落水，以及两军分据在桥头两端交战的情形。本图选自《平家物语绘卷》，绘于江户时代中期。

黑革缝缀的铠甲，戴好附有五枚护颈的头盔，佩着黑漆鞘的腰刀，背后箭筒里插着二十四支黑雕羽毛箭，手拿一张缠藤涂漆的弓和一把心爱的白柄大长刀，站到桥上，大声报名道："你们平日想必也听说过，今天让你们见识见识，俺就是三井寺里无人不知的杂役僧侣净妙明秀，以一当千的兵士。自认为有本领的请过来，见个高低吧！"说完就把那二十四支箭，一支接一支地射了出去，立即有十二个人被射死，十一个人受伤。箭筒里只剩下最后一支箭的时候，净妙明秀倏地把弓扔掉，箭筒也解了下来，并且脱掉皮毛朝外的鞋子，裸着双脚，顺着桥上架空的桁条步履自如地跑了过去。人们都不敢走的架空的桁条，在净妙明秀脚下就像是京城里的大路。净妙明秀拿着长刀把冲上来的敌人砍倒了五个，当砍第六个的时候，长刀的柄突然折断了，于是扔下长刀，拔出腰刀应战。敌人太多，便使出蜘蛛脚、拧麻花、十字手、翻头、转水车等种种招数，八面不透风地飞舞腰刀砍杀起来，登时砍倒八人。当砍倒第九人时，因为用力过猛，砍在敌人头盔上面，刀身从把手的地方折断了。净妙明秀扑通一声掉在河里，幸而腰间还有一把匕首，便拼命地奋力厮杀。

这时乘圆坊阿阇梨庆秀手下有个叫一来法师的，是个力大敏捷的僧徒，跟在净妙明秀后面杀了上来，但桥上桁条很窄，又无法从净妙明秀身旁通过，便在他

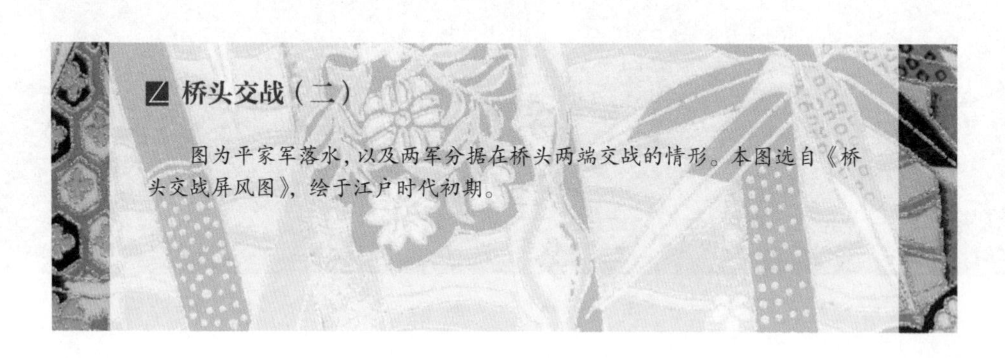

桥头交战（二）

图为平家军落水，以及两军分据在桥头两端交战的情形。本图选自《桥头交战屏风图》，绘于江户时代初期。

头上用手一按，说道：“对不起了。”从他的肩头跳了过去，到前面作战去了。一来法师最终战死在这里，净妙明秀连滚带爬地逃了回来，在平等院门前的草地上，脱去甲胄，数一数铠甲上的箭孔，一共六十三处，射透内侧的有五处，幸好没有伤及要害。在各伤口施以灸治，用布裹了头，穿上白色狩衣，把弓当作拐杖，脚下穿着低齿木屐，口中念着阿弥陀佛退到奈良去了。

以净妙明秀过桥为榜样，三井寺的僧众和渡边族人踊跃相继，争先恐后地踏着桥上的桁条渡过河去。有的取了敌人首级或武器回来，有的受了重伤或剖腹自尽或跳到河里去。桥上的战斗，杀得热火朝天。平家方面的武士大将上总守忠清走到大将军面前说道：“请看吧！桥上的战斗多么激烈，现在正该骑马渡过河去，可是眼下正是五月梅雨季节，水势高涨，人马恐怕要受损失。那么我们是往淀或芋洗方向去好呢？还是往河内路方向去好？”正说着，下野国住人足利又太郎忠纲进前说道：“淀、芋洗、河内路，这些地方你是让天竺、震旦的武士去呢？还是让我们去？不把眼前的敌人除掉，却放他们进入南都，那时吉野和十津川的军兵也聚拢来，就会酿成大患了。在武藏和上野的交界处有一条大河叫利根川，秩父和足利两方面的人失和的时候，常在这里作战，正面须从长井渡过去，敌后须从古河杉渡口冲过去。为了要从杉渡口过河，足利便说服上野国的一个原住民新田入道，让他帮忙渡河作战，但是准备渡河的船只都被秩父方面的人毁坏了。新田入道说：‘不从这里渡过去，将永远是战士的耻辱，淹没在河里也不过是一死，赶快过河！’于是用骑兵拖着步兵渡了过去。这是坂东武士常用的办法。现在大敌当前，隔河交战，怎么能计较水的深浅呢！这里水的深浅和流速同利根川相差不多。跟我来吧，列位！”说罢，率先跃入水中。接着下去的有大胡、大室、深须、山上、那波太郎、佐贯广纲四郎大夫、小野寺前司太郎、边屋小四郎；从卒有宇夫方次郎、切生六郎、田中宗太等，总共三百余骑。足利又太郎忠纲大声喊道：“把壮马放在上手，弱马放在下手，凡马脚能踩着河床的地方，放开缰绳让它走，如踩不到底，便拉紧缰绳让它游泳。每人都挽着手，并肩游过去。要坐稳鞍鞒，用力踩镫。马头如沉下去，把它拉起来，但不要拉得太过。如马鞍浸在水里，可骑在马的后部。对马要放松一些，对水可不要松劲。在河里不要拉弓，敌人射过箭来也不可还射。要始终把护颈拉下来，但不要拉得太狠，以免头顶中箭。排成横队前进，不要沉到水里！顺着水流斜着渡过去！"这样指挥着，三百余骑未失一骑，全部渡到对岸去了。

（第四卷）

迁 都

本来，入道相国对待法皇的态度已逐渐缓和，已让法皇由鸟羽殿出来，回到京城；但因发生了高仓宫谋反的事，又大为震怒，让法皇迁居到福原，把法皇幽闭在一间只有一个出入口的板屋里面。入道相国命令原田大夫种直一个人担当警卫，平常不许人出入。因此人们把法皇的住所称之为“囚笼御所”。听来觉得既不祥，又可怕。法皇说道：“现在我丝毫不想过问天下政事，只想在山山寺寺巡礼修行，随心所欲地聊以自慰。”人们都说：“平家的恶行实在是罄竹难书。入道相国自安元以来，把许多公卿、殿上人，或处以流刑，或胡乱杀戮。放逐关白，而以其婿代之；迁法皇于城南离宫，杀第二皇子以仁亲王；最后的恶行就是迁都，现在也算做到了。”入道相国身为人臣，竟迁了都城，实在太可怕了。

旧都乃是形胜的都城，守护都城的诸神镇坐于四方，灵验卓著的宝刹林立于城内，百姓万民无流离之苦，五畿七道有交通之便。但是到了现在，交通要道掘为沟堑，车辆往来颇为不便。倘有行人，须坐小车绕道而行才能通过，鳞次栉比的民家住宅，多因年久日见颓坏。家家都把拆毁的屋材投入贺茂河和桂河，编成木筏，装载家财器物运往福原去。眼看着繁华的都城变成荒芜的乡村，真是可悲呀！不知什么人作了两首和歌，题在旧都宫禁里的柱子上，歌曰：

繁华京都四百载，
爱宕今朝又荒芜。
抛却花都福原去，
风扫荒野自难安。

安德天皇诞生

高仓宫亲王的安德王子在平清盛的六波罗府邸诞生了。图为以法皇为首的众人在堂上堂下祝福的热闹场面。本图选自《安德天皇缘起绘图》，绘于室町时代末期。

迁　都

三岁的安德天皇，在后白河法皇陪同下，迁都福原。图为迁都的行列。本图选自《平家物语绘卷》，绘于江户时代中期。

同年六月九日，开始营建新都。承办营建新都一事的有藏人左少辨行隆，一同带了员司，查勘了和田的松原及其西边的原野，原想划分为九条地段，但从北一条到南五条地面还够，五条以下就没土地了。执行官回去奏闻此事，公卿计议，要不就选定播磨国的印南野，或者在摄津国的昆阳野。虽是这么说，但并未见诸实行。

旧都既已离去，新都还未建成，所有的人都觉得如在浮云之中。过去住在福原的人愁叹失去土地，新近住进福原的人，慨叹造屋艰难，一切都如梦幻一般。土御门宰相中将通亲卿说道："中国书上说过：'披三条之广路，立十二之通门。'这里是有五条大路的都城，建造皇宫自无不可，赶紧建造一座临时皇宫吧。"公卿们就这样议定了。根据入道相国的筹划宣布：把周防国赏赐给五条大纳言邦纲卿，责成他督造皇宫。这个邦纲卿，是拥有无数财富的富豪，让他建造皇宫当然不成问题，但耗费国帑、烦扰万民是在所难免的了。当此紧急之秋，大尝会只好暂时作罢。当此乱世，又是迁都，又是建造皇宫，实在不合时宜。人们说："古代贤王之世，皇宫以茅草葺顶，檐次不求整齐，看见黎民炊烟稀少，便将原本不多的贡物悉数蠲免，这是出于惠民辅国的真心。楚灵王建章华台，使人民离散；秦始皇造阿房宫，致天下大乱。古时圣主临世，茅茨不剪，采椽不斫，舟车不饰，衣服不文。有鉴于此，唐太宗虽造骊山宫，因体恤万民糜费，从不临幸，以致瓦顶生松，墙生薜荔，与现今后人相比，可谓大相径庭了。"

（第五卷）

福原院宣

文觉被解送到伊豆国，交付给近藤四郎国高看管，住在叫作奈古屋的地方。因此，文觉常到兵卫佐赖朝的住处，谈古论今，消遣时光。某一天，文觉说："平家只有小松内大臣性情刚直，智谋过人，但因平家已到了末运，况且去年八月他已去世。如今源平两家，像你这样有将军气度的人，再也没第二个了，快兴兵谋反吧！全日本都会服从你。"兵卫佐说："你这高僧休说荒唐话。我这条薄命多亏已故的池禅尼救了下来，为了给她祈求冥福，我每天要把《法华经》摘要捧诵一遍，别的什么事都不做了。"文觉又说道："古书上说：'天与弗取反受其咎，时至不行反受其殃。'你以为我说这话是试探你的心吗，请你看一下我的心意吧！"说完，从怀里取出一个用白布包裹着的骷髅。兵卫佐道："这是什么？""这是你父亲故左马头的头颅。平治之后，埋在监狱前的青苔之下，没人给他拈香祭奠，我文觉因有所感，便求狱官让我取了出来。这十余年来我挂在颈下，走过了山山寺寺，祈祷他的冥福，想他早已历尽劫难得到超生了。所以，我文觉对左马头也算得竭尽忠诚了。"兵卫佐觉得这个骷髅虽不一定真是父亲的，但说起父亲的事来，也很是怀念，便流下泪来。于是，便说出心腹话："赖朝的钦案还没宽免，怎么能发起谋反呢？""这容易，我立即上京，请求赦免。""那怎么成，你也是钦案犯人，怎么请求赦免别人？这话有些欠妥吧！""假如我去请求宽宥自己，当然是不行的，为你请求宽免，倒没什么不妥。现在的都城在福原，三天就能到，为请求皇上降旨，须有一天的逗留，连来带去用不了七八天。"说罢就回去了。文觉回到奈古屋，告诉弟子们说，要到伊豆山神社蛰居七天，随即出发了。果然，过了三天，就来到新都福原。因为和前后兵卫督光能卿素有交谊，便去找他，说道："流放到伊豆国的前兵卫佐源赖朝，只要法皇下旨予以赦免，他便会召集八国的家人

文觉与源赖朝谋反

文觉被逐至伊豆国，力促被流放在伊豆的源赖朝尽快兴兵谋反，灭掉平家，使天下安宁。本图选自《平家物语绘卷》，绘于江户时代中期。

灭掉平家，使天下安宁。请将这事奏报上去吧。”兵卫督说道：“我本人的三个宫职也都被撤免了，这时节正自懊恼，法皇也被幽闭起来，真不知怎么办好，不管怎样，探询一下他的意思吧。”于是悄悄地将此事奏报给法皇。法皇立即下了钦旨。文觉得到旨意，挂在颈下，不消三天就回到伊豆了。兵卫佐正在想：“这位高僧说些荒唐无聊的事，不知要给我惹出什么大祸来。”反反复复想来想去，到第八天正午，文觉果然回来，说道：“这就是法皇钦旨。”便递了过去。兵卫佐听说钦旨到了，便恭敬地洗手漱口，换上新的乌帽子和白色狩衣，朝着钦旨拜了三拜，然后打开来看，上面写道：

近年以来，平氏蔑视王室，专擅朝政，破坏佛法，凌夷朝威。我朝乃是神国，宗庙巍然，神德昭著，故朝廷开基以来，历数千余年，凡有欲倾皇统，乱国家者，无不败亡。是以，一则赖神灵之冥助，一则守钦旨之所宣，着即诛灭平氏之族类，而剪除朝廷之怨敌，望继承累世将门之武略，发扬历朝事君之忠勤，庶几其身可立，其家可兴。钦旨如上，仰即遵照。

治承四年七月十四日

前右兵卫督光能奉旨转致前兵卫佐

卫佐把这钦旨装在锦囊内，据说后来在石桥交战时仍然挂在脖颈下边。

（第五卷）

富士川

且说福原方面召集公卿计议，决定趁赖朝羽翼未丰之前，火速加以讨伐。于是以小松权亮少将维盛为大将军，以萨摩守忠度为副将军，总共三万余骑，于九月十八日开出福原，十九日进抵京都，二十四日就杀往东国去了。

大将军权亮少将维盛，时年二十三岁，其仪表之英俊、威武，实非丹青笔墨所能形容。祖传的虎皮缝缀的大将军专用铠甲，装在唐式的柜子里，叫人抬着；自己在路上穿着红绸直裰，外罩浅绿丝线缝缀的铠甲，坐骑是灰色钱形斑纹的战马，跨着黄金镶边的雕鞍。副将军萨摩守忠度，穿了蓝色直裰，红线缝缀的铠甲，坐骑是黑色肥壮的战马，跨着涂漆洒金的雕鞍。所有这些马、鞍、铠、盔、弓、箭、腰刀以及短刀，样样闪光夺目，一路上浩浩荡荡，煞是可观。

萨摩守忠度这几年同一位皇女所生的女官很要好，有一天到她那里去，恰巧有一位高级女官先他而至，长谈不已，直到深夜，仍未离去。忠度站在檐下等着，啪啦啪啦地扇起扇子来，只听那女官用优雅的语调吟出一句歌词道：“田野何狭，虫声噪耳。”萨摩守收起扇子就回去了。以后见面的时候，女官问道：“那一天怎么就不再扇扇子了？”萨摩守说：“不是说‘虫声噪耳’吗？所以就不扇了。”之后这个女官送了一件内衣给忠度，当作千里远行离别的纪念，并附了一首歌道：

明朝披荆东国去，
今夜已觉袖露寒。

萨摩守随即和了一首，歌云：

此去何须卿愁叹，
先人足迹遍关山。

这里“先人足迹遍关山”一句，说的是当初平将军贞盛为讨伐平将门而直下关东的事，借古遣怀，歌词很是优雅。

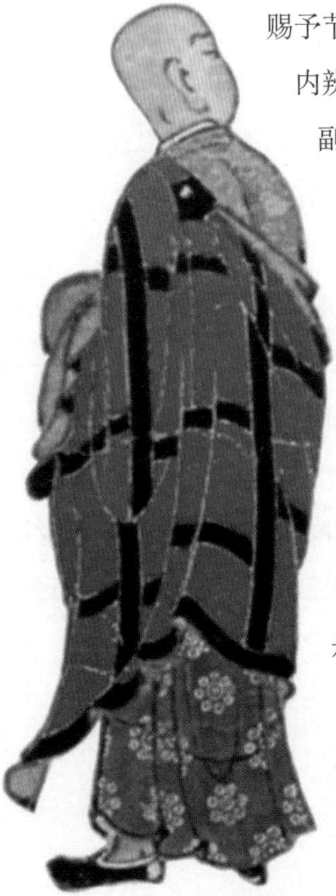

从前将军出外征讨朝敌，先要入朝觐上，由天皇赐予节刀。天皇升坐在紫宸殿上，近卫武官侍立阶前，内辨、外辨的大臣参列其间，举行中仪节会。大将军、副将军个个规规矩矩地接受节刀。在承平、天庆年间就已有此先例，因年代久远难以遵循，那次赞岐守平正盛为讨伐前对马守源义亲往出云国去的时候，就只授以驿铃，装在皮囊里，挂在杂役的颈项底下。古时候，为征讨朝敌而离开都城的将军，须有三项决心：在赐给节刀的当天把家忘掉；走出家门之后，把妻子忘掉；在战场和敌人打仗时把性命忘掉。现在平氏的大将维盛和忠度，一定也有这种决心吧！想起来，是很令人感慨的。

同月二十二日高仓上皇又临幸安艺国严岛。三月间曾临幸过一次，因为这个缘故，近一两个月世上稍得安宁，黎民稍得太平。但自从高仓宫谋反之后，天下又生动乱，世上很不平静。因此，为了祈祷天下安宁，上皇病愈后又到严岛神社去。这回是从福原出发，无须长途跋涉。上皇亲自做了一篇祷词，叫摄政藤原基通代为誊清。

且说平家诸人，出了九重帝都，远赴千里东海，能否平安返京确属难保。旅途之中，或露宿山野，或寝卧于高峰之苔，越山渡河，日复一日，终于在十月十六日进抵骏河国的清见关。出京时三万余骑，沿途召集军兵亦收复不少，到这里总共达到七万余骑了。前锋已经进抵蒲原、富士川，后阵还在手越、宇津屋一带。大将军权亮维盛把武士大将上总守忠清叫来，颇为自信地说道："依我所想，越过足柄山，可以在坂东开仗了。"上总守答道："从福原出发时，入道下令把作战的事交付给忠清，依我看，坂东八国的军兵全都依附兵卫佐了，总共约有几十万骑，我方虽有七万余骑，是从各国征集来的，人马均已乏困，而且伊豆、骏河应该来的军兵还不见到来，还是先陈兵在富士川前，等待我方军兵陆续到来为好。"维盛听了，无可奈何，只好延缓交战。

且说兵卫佐过了足柄山，已经到了骏河国的黄濑川了。甲斐和信浓的源氏也已奔集过来，在浮岛海滨汇合一处，据记载，总共约有二十万人。

常陆国的源氏佐竹太郎，差了个杂兵持信送往京都去，在途中被平家前锋上总守忠清截获，夺过信来拆开一看，原是给妻子的，倒也无甚妨碍，就还给他了。问道："兵卫佐的兵力总共有多少？""这八九天，大路上络绎不绝，田野、海边、河畔，到处都是武士。我们这样的差役，只能知道从四五百到一千的数目，再多就弄不清了。也许多些，也许少些，说不出个准数来。昨天在黄濑川，听人说源氏的总兵力有二十万骑。"上总守听了说道："唉，大将军行动迂缓，实在可惜。假如我们早一天起兵讨伐，走过足柄山，进兵东国的话，畠山的一族和大庭兄弟便一定会依附过来了。他们过来，坂东便不至于草木从风一般归顺源氏了。"虽是后悔，但也无用。

大将军权亮少将维盛又把熟悉东国的长井斋藤别当实盛叫来，问道："喂，实盛，像你这样善射的人，东八国能有多少？" 斋藤别当冷笑道："看来，主公是把实盛看成能射长箭的人了，我只能射杆长十三把［当时习惯以把（拳的宽度）来计量箭柄长度］的箭。实盛这样的射手，东国是不计其数的。他们的长箭，没有下于十五把的；弓也很硬，要五六个壮汉才能拉开。这样的硬弓射手，可以轻易地射透二三层铠甲。每一个大名［占有大量私田并拥有武器的地方豪强］，军兵再少，也不下五百骑；人一上了马就不会掉下来，马走过险处也不会跌倒；打起仗来，父亲死

了也罢，儿子死了也罢，飞马越过继续拼杀。西国人打仗，父亲死了要守灵供养，祭期满了才能出征。儿子死了，心疼得不能再打仗。军粮不足，就春天种田，秋天收割，然后再去打仗。夏天嫌热，秋天嫌冷，不愿作战。东国全然不是这样。甲斐和信浓的源氏因为熟悉这里的地势，从富士山腰绕到我军后路也未可知。我这样说也许灭了自己威风，其实不然。作战不在兵力多寡，而在于军事计谋。我要说的只是这个意思。实盛这回出征，已经下了决心，不再活着返回京城。”平家的武士听了，都吓得发起抖来。

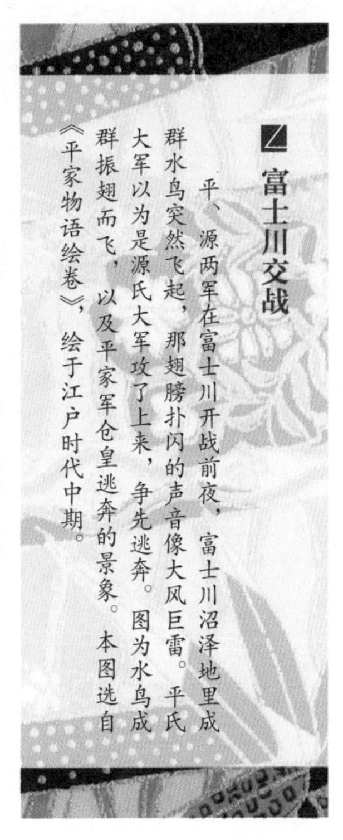

富士川交战

平、源两军在富士川开战前夜，富士川沼泽地里成群水鸟突然飞起，那翅膀扑闪的声音像大风巨雷。平氏大军以为是源氏大军攻了上来，争先逃奔。图为水鸟成群振翅而飞，以及平家军仓皇逃奔的景象。本图选自《平家物语绘卷》，绘于江户时代中期。

这样子到了十月二十三日，源平两家约定第二天在富士川开始交战。到了夜里，平家军兵向源家阵地望去，只见到处都是火光。原来伊豆、骏河两国的黎民百姓，害怕打仗，逃到林野，藏到山里，也有乘船逃到河海上去的，各处都可看见他们煮饭的火光。于是平家的人说道："啊呀，源氏阵地里火光真多呀，满山遍野，海里河里到处都是敌人了，这怎么好呢？"便都恐慌起来了。这一天的子夜，富士川沼泽里成群的水鸟不知为什么受了惊，突然飞了起来，那翅膀的声音听起来就像大风巨雷一样。平家的武士们说道："啊呀，源氏大军攻上来了，一定像斋藤别当说的，从后路迂回过来了吧。若是被包围可就糟了，从这里退下去，在尾张国的河洲俣防守吧！"于是该带的东西也不带，争先逃奔。因为过于慌张，有的拿了弓忘了箭，或者拿了箭忘了弓，也有的骑了别人的马，自己的马又让别人骑走了，更有的骑上了马却忘了解开缰绳，只是围着拴马桩打转。从附近各处的冶游场叫来的艺妓、歌女们，或者被踢破了头，或者被踩折了腰，哀呼叫号，乱作一团。

第二天，二十四日卯时，源氏大军二十万骑进抵富士川，高声呐喊了三回，苍天为之震响，大地为之摇动。

（第五卷）

小　督

高仓天皇对葵姬不胜思念，闷闷不已。中宫［清盛之女］为了给以慰藉，便将自己身边的一个名叫小督的女官送到天皇那里。这女官乃是樱町中纳言成范卿的女儿，是宫中第一美人，又是弹琴的名手。从前冷泉大纳言隆房卿［清盛的女婿］还是少将的时候，对这位女官一见钟情。少将开始咏歌、写信，倾诉对她的恋慕，女官却毫无倾倒之意。但盛情毕竟难却，最后也终于依从了他。现在她被召到天皇身边，隆房卿无奈，只好忍痛离别，眼泪沾湿了衣袖，几乎没有干的时候。从这以后，少将总想见到小督，便常到宫里去，或在她居室附近，或在帘子周围，时而行走，时而伫立。小督对用人说道："我已被召到君侧，少将不管说什么，我都不会答他一句话，不会看他一封信。"只是叫人把这话传了过去，没表示任何情爱。少将还是抱着幻想，写了一首和歌，投进小督住处的帘子里去。歌云：

爱卿之情充肺腑，
临近卿前反成空。

小督原想立即和他一首，但想起天皇，觉得很不应该，便不取过来看，原封不动地抛到院里去了。少将觉得难堪，颇为怨恨，但怕人看见很是不妥，赶快拾起来，放在怀里就走了。回去后又作歌道：

芳心固已绝情义，
书翰承接又何妨！

少将觉得今生既已难得相见，便一心想寻短见。

入道相国听得此事，心想："中宫是我的女儿，冷泉少将是我的女婿，小督竟然占有我两个女婿，实在可恶，只要小督活在世上，天下就不会太平，须得把她弄死才好。"小督得悉相国这种用心，便道："我个人不论怎样都不在话下，只是太对不起天皇了。"就在一天傍晚，她离了皇宫，此后就不知去向了。天皇为此嗟叹不已，白天躲在寝宫里流泪，夜里到紫宸殿上仰望月光聊以自慰。入道相国得知，说道："皇上是为小督的事愁闷难安，既然这样，我倒有个打算。"于是不让服侍皇上的女官进宫，对进宫晋谒的大臣也表示厌烦。人们慑于相国的威权，所以谁也不再出入，宫中出现一片阴惨的气象。

过了八月初十，天上一片晴空，天皇含着眼泪仰望着月光，到了深夜，问道："有人吗？有人吗？"一时竟无人回答。那时适值弹正少弼仲国在宫中值宿，远远地伺候着，便答应道："仲国在这儿。"天皇道："近前来，有话吩咐。"仲国心想有什么事呢，便走近前去。天皇问道："你可知小督的行踪吗？"仲国说道："这怎么能知道呢？臣下是全然不知道的。""啊，不知是否确实，有人说小督在嵯峨山那边，住在单扇门的房舍里，那家主人的名字不大清楚，你能给我去找一下吗？""不知那家主人的名字，怎么能找到呢？""这倒也是呀。"天皇说着，流

小　督

中宫为慰藉高仓天皇失去葵姬，便将自己的女官小督送到天皇身边。因隆房少将对小督产生了恋慕之情，清盛大怒，欲置小督于死地。小督得悉其用心，突然失踪。仲国深知小督乃是弹琴名手，听闻松林传来《想夫恋》，断定是小督真切的指音。图为秋月之夜，仲国随琴声到松林寻找小督，小督（右）正在屋里弹琴。本图选自《平家物语屏风图》，绘于江户时代初期。

下泪来。仲国仔细思忖，想那小督乃是弹琴的名手，说不定趁着月光皎洁想起君王，会弹起琴来。在宫里弹琴时，他曾给她配过笛子，那琴音多少还记得，嵯峨山那里的住户不会很多，他就挨家挨户地去寻访，一定会打听得到的。这么想着便说道：“即使不知道主人的名字，我也去寻访一下。可是，假若寻到了，没有亲笔书信，别人或许以为我是弄虚作假呢。请天皇写封书信让我带去吧。”天皇道：“这倒也是。”便写了书信交给他，并且说道：“就骑上御马寮的马去吧。”仲国从御马寮拉了马来，便在明月之下扬鞭打马，向嵯峨山去了。

古歌有云：“牡鹿呦鸣此山乡。”咏的就是嵯峨山附近的秋景，令人颇有哀愁的感觉。及至发现一座单扇门的房舍，仲国心想说不定就在这里吧，便勒住缰绳，侧耳细听，却听不见弹琴的声音。又想，或许到清凉寺的殿堂里拜佛去了吧，便从释迦堂开始，把所有殿堂都巡视一遍，连一个有点像小督的人也没看见。心想就这样一无所获地回宫，比不出来寻找还要糟糕，倒不如从此就隐遁起来的好。又一转念，“普天之下，莫非王土”，哪里有隐身之处呢？正在不知如何是好的时候，忽然兴起一念头，便道：“可不是嘛，法轮寺就在附近，想那小督为今夜的月色所动，到那里参拜去了也未可知。”便策马向法轮寺走去。

来到龟山近旁，从一丛松林那面隐隐传来幽雅的琴音。这是所寻之人的琴音

高仓天皇像

仲国得知小督准备出家，极力劝阻，并带着小督的书信去见高仓天皇。高仓天皇将小督接来安置在僻静的地方，生了一个皇女。清盛知道后，强逼小督削发为尼。高仓天皇为此忧郁成疾而驾崩了。图为失去小督，有如“失去日月之光”的高仓天皇画像。本图选自《天子摄关御影》，绘于镰仓时代末期。

高倉院

吗？仲国一时难以确定。他赶紧催马走近前去，果然是从单扇门的房舍里传出的琴音。仲国勒紧缰绳细听，丝毫不差，真真切切就是小督的琴音。细一辨认那曲子，就是叫作《想夫恋》的乐曲。不出所料，是小督想起天皇，所以在众多乐曲之中特别弹了这支曲调，足见盛情恳挚。仲国心里十分钦佩，便从腰间抽出横笛，吹了一声，然后咚咚敲起门来。里边的琴声随即停止了。“是仲国奉命从宫里来了，请开门吧。”仲国这样高声说了，又敲了一阵，只是没有人答应。过了一会儿，里边像是有人出来，仲国便高兴地等着。只听开了锁，门稍稍打开一点，一个带稚气的女人探出头来说道：“怕是敲错了门吧，这里不是宫中信使能来的地方。”仲国心想要是回答得不好，门里的人把门关上，下了锁，反而不好。于是便把门推开，径自进去了。

走到旁门外边的廊下，仲国说道：“你为什么到这样的地方来呢？天皇为你愁闷不安，看样子怕有生命危险。这样说，你或者认为是说假话，所以天皇特意写了书信给你带来了。”说罢取出信来。刚才那个女人接了过去，交给小督。小督打开一看，确是天皇的亲笔，便立即写了回信，折叠起来打了个结文，并拿出一套女官服装交给仲国。仲国把女官服装搭在肩上，说道："若是别人来当使者，既然领得回信，也就罢了。可是从前在宫里弹琴的时候，仲国给你吹笛伴奏，恐怕你不会忘记吧，没得一句亲口回话，我就这么回去，不能不说是遗憾啊。"小督听了也觉得有理，便亲自说了几句回话："想来你也知道，入道相国说了那么厉害的话，实在可怕，所以我逃离宫中。住在这个地方，琴是早已不弹了，但也不能长久这样下去，正打算明天到大原深处［大原的寂光寺］去，这里的女主人很是不舍，说是夜已深了，大概不会有人偷听，便劝我弹一回琴。因为对过去宫中的情景很是怀恋，就弹起熟悉的曲调来，所以就被你轻易地听出来了。"说着流泪不止，仲国也湿了眼眶。过了一会儿，仲国拭去眼泪，说道："刚才你说，明天决意到大原深处去，莫非是想出家吗？这是万万使不得的。如果那样，天皇的愁叹可就更无办法了。"仲国把他带来的马部和吉上留下来，嘱咐道："千万不要让她离开这里。"

留下他们在这里守护，自己单枪匹马回到皇宫。这时天色已是微明，仲国心想："现在皇上睡在寝殿里，让谁去报告呢？"一边想着一边把马系好，把那套女官的服装搭在画有飞马的屏风上，向着紫宸殿走去，只见天皇还在昨夜坐着的地方，口中念道："南翔北翥，难付寒云于秋雁；东出西流，只寄瞻望于晓月。"仲国径自进去，把小督的书信送上。天皇非常感动，说道："你就赶快把她带回来吧。"

这事如果让入道相国知道就不得了，但天皇的命令不能违背，仲国便备齐了杂役、牛和车子，往嵯峨山去了。虽然小督说不想回宫，但经不住百般劝说，终于坐上车子，回到宫里。天皇把她安置在僻静的地方，每夜召幸，生了一个皇女，这个皇女就是后来的坊门女院。

入道相国不知怎的知道了这个消息，说道："说小督失踪了，原来是谎言呀！"便把小督捉来，强迫其出家为尼，这才放了她。虽然小督本来就有出家的心愿，但这样被迫出了家，年才二十三岁，就穿上黑色袈裟，也是深感痛心的。因为种

种类似事件，高仓天皇得了病，不久便与世长辞了。

后白河法皇方面，也连续发生多件伤心的事情：永万年间（1165年）第一皇子二条天皇驾崩；安元二年（1176年）七月皇孙六条天皇晏驾。同时，“在天愿作比翼鸟，在地愿作连理枝”，对着天河双星海誓山盟的建春门院［后白河法皇的中宫］，也为秋雾所侵，化为朝露了。

岁月虽然流逝，却仍同昨天刚刚离别一样，眼泪一直未干。治承四年(1180年)五月，第二皇子高仓宫以仁亲王又遇害身亡。后世所瞩望的高仓天皇如今又先他而逝。桩桩件件，遗恨重重，唯有流泪而已。“悲之又悲，莫悲于老后丧子；恨而又恨，莫恨于子先于亲。”后江相公为其子澄明所写的悼文，想必法皇看了会有深切的感受吧。正因为如此，所以法皇对一乘妙典的《法华经》诵读不倦，对于三密行法［佛家所谓身、口、意三方面的修养融为一体］，日夜熏修。既然是天下谅闇［天子服丧之期］，宫廷里的华服盛装便一概变为丧服，那情景更显得惨淡了。

（第六卷）

入道死去

四国的武士便都依附了河野四郎，传说连熊野别当湛增那样身受平家重恩的人，也背叛了平家，投靠源氏一边去了。东国、北国既已纷纷背叛，南海、西海又复如此。夷狄蜂起的消息听来令人吃惊，天下叛乱的前兆时有耳闻；四夷纷乱而起，眼看天下就要危亡了。即使不是平家一族，但凡有识之士，也无不为之嗟叹忧心。

养和元年（1181 年）二月二十三日后白河法皇召集公卿计议，前右大将宗盛卿说道："虽然已向关东方面派出讨伐军去，但是还未奏效，这次宗盛愿受军令前去征讨。"公卿们都恭维道："那是再好不过了。"于是法皇降旨，以宗盛卿为大将军，凡是公卿、殿上人、武官，或武艺娴熟的，都随他出征，去讨伐东国、北国的叛贼。

前右大将宗盛卿为讨伐源氏，原定于同月二十七日出发往东国去，但因入道相国觉得身体违和，就中止了。从第二天起，入道相国病重之说愈传愈烈，京中和六波罗的人都窃窃私语："怕是报应临头了吧。"入道相国从得病之日起，连水也咽不下去，体热如焚，在他病榻的二三丈以内，走近的人都觉得热不可当。入

忠盛与僧都

图为白河天皇临幸祇园女官邸，天空突然一片漆黑，忽现一怪物。天皇命令将怪物抓捕，原来是祇园佛堂的僧都。本图为铃木春信画《忠盛与僧都》，绘于江户时代中期。

春信画

道口里只是说：“热呀，热呀。”看来，这病确实非同小可。从比睿山的千手井汲了水来，放在石砌的浴槽里，把入道相国浸在里面，那水立即热起来，不一会儿就成开水了。或许用另一办法能解一解热，便用竹笕里的水浇在他身上，但那水宛如洒在烧红的石头或铁面上，立即迸散开去，不能着身。偶然有附着身上的，也变成火焰，燃烧了起来，满屋都是黑烟，火焰滚滚上升。从前有个叫法藏僧都的人，应阎王的邀请来到冥府，想询问一下母亲所在的地方，阎王怜悯他的孝心，便让狱卒带他到焦热的地狱去。刚走近那里的铁门，只见火焰像流星一样升到空中，高达数百由旬［佛家常用语，长度单位，一由旬相当于一只公牛走一天的距离］，这种情形在入道相国身上出现了。

入道相国的夫人做了一个梦，非常可怕。梦中见到一辆烧着猛火的车子被推进门来，站在车前车后的正是冥府的牛头马面，车子前边立着一面铁牌，上写一

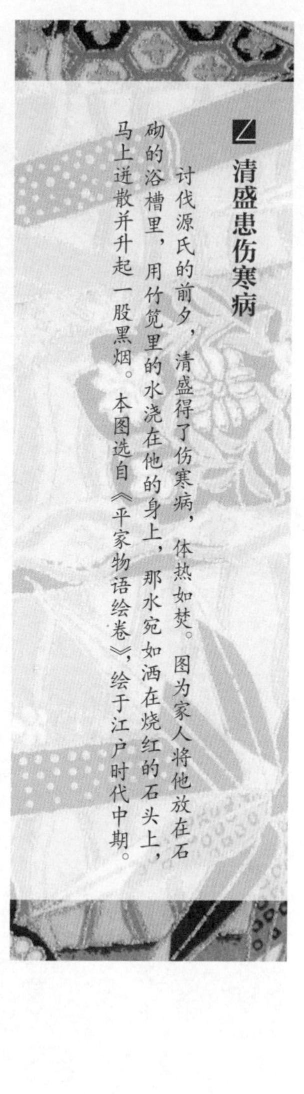

清盛患伤寒病

讨伐源氏的前夕，清盛得了伤寒病，体热如焚。图为家人将他放在石砌的浴槽里，用竹笕里的水浇在他的身上，那水宛如洒在烧红的石头上，马上迸散并升起一股黑烟。本图选自《平家物语绘卷》，绘于江户时代中期。

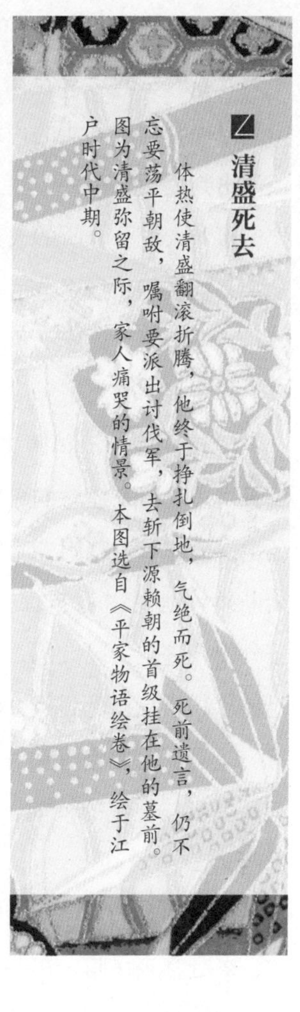

乙 清盛死去

体热使清盛翻滚折腾，他终于挣扎倒地，气绝而死。死前遗言，仍不忘要荡平朝敌，嘱咐要派出讨伐军，去斩下源赖朝的首级挂在他的墓前。图为清盛弥留之际，家人痛哭的情景。本图选自《平家物语绘卷》，绘于江户时代中期。

个“无”字。夫人在梦中问道：“这是哪里来的车子？”答说：“是从阎王殿来接平家太政大臣的。”又问道：“那么这铁牌又是什么牌子呢？”答说：“因为他烧毁南阎浮提金铜十六丈的卢遮那佛的罪，要罚他堕入无间地狱的底层，阎王殿里已经做出判决，刚写了无间的无字，间字还没写呢。”夫人惊醒过来，吓出一身冷汗，把这事对人说了，听的人都毛骨悚然。于是向那些有灵验的佛寺神社，捐献金银七宝，把鞍马、盔甲、弓矢、大刀，以至腰刀，全取了出来，运到寺社里去，为其祈祷，却毫无效验。男女公子们聚集在病榻的前后，悲叹着不知如何是好。看来，祈祷是不中用了。

闰二月二日，相国夫人忍着灼热，凑近病榻，哭哭啼啼说道：“你的病状，日见沉重，看来痊愈的希望不大了，你对这世上的事有什么不放心的，趁你神志还清醒的时候，嘱咐嘱咐吧。”入道相国平素看来很是刚毅，现在却也十分痛苦，断断续续地说：“我自保元、平治以来，多次荡平叛乱，朝廷恩赏有加，忝为帝王外祖，进至太政大臣，荣华及于子孙，今生所望，应无余恨了。但只有一件不足的事，就是没见到伊豆国流人、前兵卫佐源赖朝的首级，实在难以瞑目。在我万一之后，不要建造堂塔，也不要为我追荐供奉，只立即派出讨伐军去，斩了赖朝的首级挂在我的墓前，这就是最好的祭奠了。”临终说了这些话，真是罪孽深重呀。

同月四日，入道相国躺在木板上，好一阵翻滚折腾，终于挣扎倒地，气绝而亡。各处都来吊唁，车马往来之声，天响地摇。即使是一天之君，万乘之主，殡引治丧，也没有更过于此的了。终年六十四岁，虽然不算是衰老而死，但其宿命骤然而尽，大法秘法无所用其效验，神佛三宝失去灵光，众多天神也无法加以护佑，何况凡人智力，更属无济于事了。即使有竭诚尽忠肯于效命的数万武士列坐于堂上堂下，对于目不可见、力不可及的冥途使者，也无法延迟一时半刻。一旦到了死出山，渡三途川，便不再能返回来，只得一个人在冥途跋涉了。那时，平时作下的孽障便化成狱卒前来迎接，这实在是可悲的。同月七日，在爱宕举行火葬，入道相国的骨灰由圆实法眼挂在颈下，送到摄津国，在那里的经岛安葬了。这样，这位闻名全国威震一世的人，他的躯体顷刻之间化为烟尘，升到京城上空；他的骨骸暂留岛上，不用太久，便与海边的沙相混化成虚空的泥土了。

（第六卷）

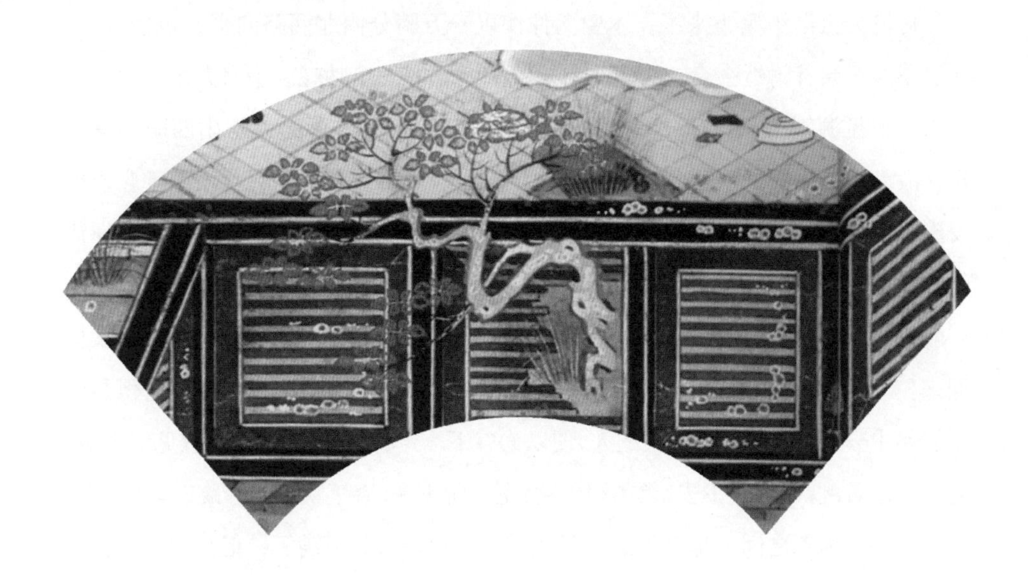

坠入俱梨迦罗峡谷

且说源平两军对阵，双方相距不过三町，源家不再前进，平家也坚壁固守。源家派出精兵十五骑，冲到平家壁垒前，每骑拔出一支响箭射进平家阵里去。平家不知是计，同样派出十五骑还射十五支响箭。源家派出三十骑放箭，平家也派出三十骑还射；源家再派出五十骑，平家也以五十骑奉陪；源家派出一百骑，平家也派出一百骑。双方各以一百骑出列阵前，似乎要一决胜负，但源家始终控制局势，避免决战，一心只想等到天黑，好把平家大军赶落到俱梨迦罗峡谷里去。可叹平家对此竟一点都没察觉，和源家这样纠缠，一直拖延到天黑，真是可悲。

再说天色渐渐黑下来了，木曾义仲便以一万骑分南北两路向平家包抄过去，在俱梨迦罗峡谷附近会合。大家拍打着箭筒，一齐发出呐喊。平家大军闻声向后看去，但见源军举起白旗，有如云海，于是张皇地说："不是说这山四面都是巉岩，敌人难得抄我们后路吗？这是怎么了！"这时木曾义仲领兵从正面呼应，也发出呐喊。埋伏在柳原和茱萸丛林的一万余骑，会同今井四郎在日野宫丛林埋伏的六千余骑也齐声高喊。这前后数万人的吼声震天撼地，好像山崩河溃同时发作一般。平家大军发现前后受敌，惊慌失措。虽然有人高喊："逃跑是卑怯的，回来！回来！"但是大军军心已动摇，哪里制止得住，平家士兵争先恐后地跳进俱梨迦罗峡谷中去了。看不见先下去的人，便以为谷下一定有条小路。于是，看见父亲跳，儿子就跟着跳；哥哥跳下去，弟弟跟着跳；主人跳下去，家丁从卒跟着跳。马上落人，人上落马，顷刻之间，那么深的峡谷就被平家七万余骑填满了，但见山泉流着血水，尸骸堆成山岳。直到今日，那峡谷之中还残留着箭穿刀砍的痕迹。平家军中能征善战的上总大夫判官伊藤忠纲、飞驒大夫判官伊藤景高、河内判官秀国，都葬身此谷了。著名的大力士备中国的濑尾太郎兼康，被源家武士加贺国的仓光次郎成澄生擒了去。曾在火打城交战中向平家尽过忠心的平泉寺长吏斋明威仪师也被俘虏。木曾义仲说："这个法师实在可恶，先斩了他。"便立即予以处决。只有平家大将军维盛、通盛，意外地逃脱了性命，退到加贺国去。平家大军七万余骑生还的只有两千余骑。

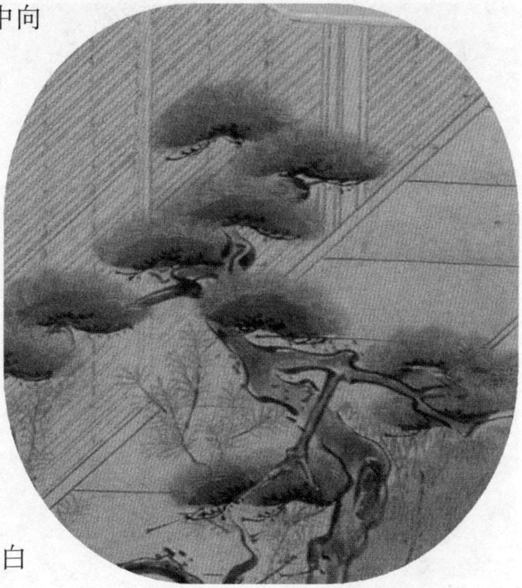

第二日，奥州的豪族藤原秀衡派人送来两匹龙蹄骏马给木曾义仲。这两匹马当即被作为神马送到白山神社去了。木曾义仲说道："现在没什么挂心的事了，只是十郎藏人行家公在志保山作战的情况让人不放心，且去看看吧。"于是选出两万余骑大军向志保山驰去。当要渡过日比渡口的时候，适值涨潮，为了探知水的深浅，便把十四备鞍的马赶下河去。水只淹到鞍桥的下缘，无关紧要，马平平安安地渡过去了。于是下令道："水不深，渡过去吧！"两万余骑便下到水里渡河。果然不出所料，十郎藏人行家遭到敌军严重打击，率军后退，正在驻马休息。木曾说道："我们来得正是时候。"便把生力军两万余骑替换上去，攻入平家三万余骑的阵中，左冲右突。平家骑兵抵挡了一阵，终于招架不住，被源军攻破。平家方面，大将军三河守知度阵亡，他是入道相国的第七子，武士们也死了很多。木曾义仲跨过志保山，在能登国的小田中亲王墓前布好了阵势。

（第七卷）

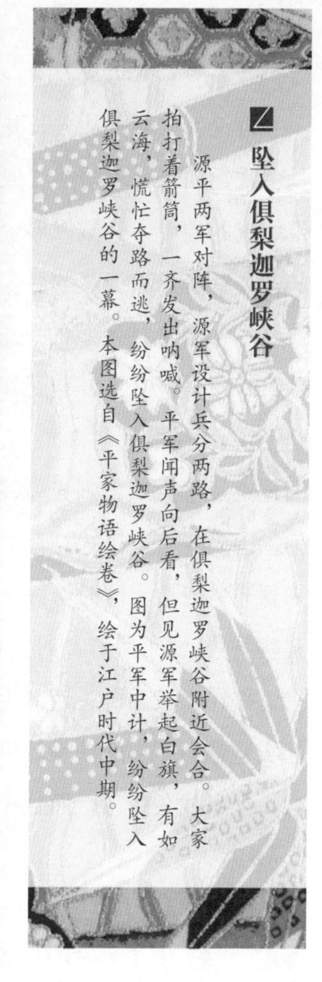

坠入俱梨迦罗峡谷

源平两军对阵，源军设计兵分两路，在俱梨迦罗峡谷附近会合。大家拍打着箭筒，一齐发出呐喊。平军闻声向后看，但见源军举起白旗，有如云海，慌忙夺路而逃，纷纷坠入俱梨迦罗峡谷。图为平军中计，纷纷坠入俱梨迦罗峡谷的一幕。本图选自《平家物语绘卷》，绘于江户时代中期。

实　盛

再说那武藏国住人长井斋藤别当实盛，不顾自己的军兵已经逃散，仍单枪匹马多次返回进行攻防战。他心里有自己的打算，特意穿了红底丝绸直裰，外罩绿革缀成的铠甲，头戴锹形金饰的头盔，佩着黄金装饰的腰刀，背上插着白翎黑斑的箭，背着黑漆缠藤的弓，骑着花白色钱形斑点的战马，马背上备着黄金彩饰的雕鞍。木曾义仲手下的手塚太郎光盛注意到他是个不平常的敌人，心想："好勇敢呀，这是什么人？自己军兵都已溃散了，还一个人坚持奋战，真了不起。"便问话道："快报上名来。"实盛回答道："说这话的，你是谁？"光盛答道："信浓国住人手塚太郎金刺光盛。"实盛说道："那么，算是棋逢对手喽。不是我瞧不起你，因为我有自己的打算，不便通名报姓。过来，交手吧，手塚！"说罢便纵马来到光盛身边。这时恰好光盛的从卒赶到，怕伤了主人，便把二人隔开，猛地向实盛扑去。"手段真高呀！你想抓住日本第一的好汉吗？"实盛说着便把他揪过来，按在马鞍前桥，切下头来，丢在一边。光盛看到从卒被杀，便转到左边，掀起实盛铠甲下部的护身软甲，刺进两刀，趁势扭住，两人同时落马。实盛虽是勇猛，无奈战久疲惫，而且年事已高，所以被手塚压在底下。手塚的从卒们随即赶

取了实盛的首级

实盛不顾兵败如山倒，自己单枪匹马进行攻防战。无奈久战疲惫，且年事已高，最终敌不过对手，被手塚切下头来。图为光盛拿着实盛的首级，呈在木曾义仲的面前。本图选自《平家物语绘卷》，绘于江户时代中期。

到，光盛取了实盛的首级，然后来到木曾义仲面前报告说：“适才同一个奇怪的人扭打，取了首级前来。看上去像个武士，可是身上穿着丝绸直裰，说他是个将军吧，又没从卒跟在后面。多次催他报名，始终没报。听他说话像是关东口音。”木曾义仲听罢说道：“啊，莫非是斋藤别当吗？若是他，义仲年幼时在上野曾见过，那时他已经头发花白，现在一定全是白发了，可是这个人须发全是黑的，实在奇怪。樋口次郎和他相熟，大概认得出来，快叫樋口来！”樋口次郎只看了一眼便道：“啊，真是可哀！这就是斋藤别当呀！”木曾义仲说道：“果然是他，今年应该七十多了，怎么发也不白，须发全是黑的，这不奇怪吗！”樋口次郎听了这话，潸潸地流下泪来，说道：“那么就把这事说明吧。因为觉得可哀，不觉流下泪来。凡拿弓矢的人，平时就应该留下遗言，以备万一。斋藤别当之前和我见面时，常提到这样的话：‘过了六十再上战场，要把须发染黑了，打扮成青年模样，因为与少年武士争锋，即使占了上风也没什么意思，而且被人说成年迈武士，常常受人侮慢，实在可气。’由此看来，他当真染了须发了。那么叫人洗了再看吧。”洗了一看，果然全是白发。

据说斋藤别当之所以穿大红丝绸直裰，是他向内大臣宗盛公最后告别时特地请求的。他说：“实盛有一件心事，前几年出征东国的时候，由于被水鸟振翅的声音所惊，未发一箭就从骏河国的蒲原跑了回来，这是终生的恨事。这次到北国去，我决心战死疆场。实盛原是越前国的人，近年在您的领地供职才定居在武藏国的长井，古语有云：‘衣锦还乡。’请允许我穿着丝绸直裰在北国决战吧！”内大臣认为“这是豪壮的请求”，便应允了。中国西汉的朱买臣在会稽山翻舞其锦袍衣袖，如今斋藤别当则在北国还乡扬名。似这般留不朽之名于后世，化遗骸为灰尘于北陆，也是很悲壮的事。当初四月十七日，平家率十万余骑从京城出发的时候，似乎有锐不可当之势，到了五月下旬回到京城，所剩不过二万余骑了。因此有人说：“竭泽而渔，得鱼虽多而明年无鱼；焚薮而猎，得兽虽多而明年无兽。考虑到日后的事，是应该留有余地的。”

（第七卷）

维盛出奔

小松三位中将维盛，早就料到会有和妻子儿女诀别的一天，可是事到临头，心里还是不免悲伤。他的夫人是故中御门新大纳言成亲卿的女儿，生得脸似桃花初绽露，发似临风嫩柳，体态婀娜多姿，是个举世无双的美人。维盛膝下生有一个公子，名叫六代，行年十岁，还有一个八岁的女儿。他们都想跟父亲同去，于是维盛对夫人说："正如平时对你说的，我要同大家出奔到西国去。不管到哪里，都是大家一路同行，但因路上有敌人埋伏着，很难平安通过。万一听到我身亡的消息，你千万不要出家，可以另外找人婚配，这样既可免你遭难，也可把孩子抚养成人。"这样百般地安慰，可夫人却什么也不回答，只是用衣裳蒙着头哭泣。到了要出门的时候，她拽住丈夫的袖子说道："在京城里既没父亲，也没母亲，被你撇下之后，我是绝不再和别人婚配的。可你竟说出让我婚嫁的话，多可恨呀！因为有前世的姻缘，才承蒙你的雅爱，怎能设想还有其他的姻缘呢？我们曾定下誓约，任凭天涯海角永不分离，同做一块原野上的露珠，同做一处海底的藻屑。如今你说的话，不是把这些夜半醒来的私语都当作谎言了吗！如果只我一个人，被你撇下之后，也还可以忍辱负重地留在京城里。可是这两个

维盛出奔

平家的维盛出奔，与妻子和儿女诀别，依依不舍，他悲伤地劝慰和叮嘱家人："生不同时，但愿死无先后。"图为维盛出了家门口，妻儿们双手掩面，痛哭涕零。本图选自《平家物语绘卷》，绘于江户时代中期。

维盛跳青海波舞

后白河法皇五十寿辰，维盛在贺宴上跳起青海波舞。图为维盛跳青海波舞的美姿。本图选自《平家公子草子绘卷》，绘于镰仓时代末期。

年幼的儿女，给谁去照料，该怎么办呢？就这样留下来，多么痛心呀！”这些话又是埋怨，又是依恋。维盛回答道：“的确是呀！当时你十三我十五，少年结发，伉俪情深，烈火我们可一同跳入，龙潭我们可携手沉沦，生不同时，但愿死无先后。可是，现在这样悲伤地奔赴战场，倘若带了你们同去，那正是前途渺茫，境遇可悲，实在不堪设想。而且这次毫无准备，将来在什么地方能够安心住下，再来接你们吧。”说罢便狠了狠心，站起身来，走到中门廊下，穿上铠甲，牵过马来。当他正要骑上去的时候，儿子和女儿都跑了过来，分别拉住父亲铠甲的袖子和护腰软甲，各自依恋地哭泣着。维盛眼见这般惜别场面，心中不胜悲戚。这时，他的兄弟们，新三位中将资盛、左中将清经、左少将有盛、丹后侍从忠房、各中守师盛，兄弟五人骑着马径直进入门内，来到庭前勒住马问道：“主上御舆已经走远了，你为什么到现在还没动身？”维盛跨上马，靠近居室的板廊，用弓梢挑起帘子来，说道：“各位老弟，请看这里。孩子们依恋不舍，我正百般地劝慰，所以走迟了。”话犹未了，禁不住哭了起来。院子里的兄弟们也都以泪湿衣。

在武士中间，斋藤五和斋藤六是兄弟俩，哥哥十九，弟弟十七，一左一右上来抓住维盛的马辔，要求随将军一同远行。维盛说道：“你们的父亲斋藤别当往北国出征的时候，你们也说要一同前往，可是他说有自己的打算，便把你们留下了。到了北国他战死疆场，到底是很有阅历的人，所以能够这样。如今我把小儿六代留下，正需要可以放心托靠的人，你们就给我留下吧。”兄弟二人没有办法，只好掩泪留下来。夫人说道：“相处了这许多年，没想到你竟是这样狠心！”说罢便伏身痛哭。公子、小姐、侍女们也都跑出帘外，毫无顾忌地放声大哭起来。这一片哭声冲进维盛的耳里，简直就像西海浪翻、狂风哀号一般。

当平家从京城撤出的时候，六波罗、池殿、小松殿、八条、西八条以下，满门公卿和殿上人的府第共二十余处，以及他们属下人的住所，连同京白河一带的四五万家住户的住所，全都被付之一炬，化为一片废墟。

（第七卷）

忠度出奔

且说萨摩守忠度不知从何处折回京城来了。随带武士五人，侍童一人，连他本人一共七骑，直奔坐落在五条的三位朝臣藤原俊成的府邸。只见大门紧闭着，便在外面报名说："我是忠度。"就听门里有人说："是出奔的人回来了。"随即响起了一阵嘈杂。于是忠度下马高声说道："我来不为别事，只因有句话想跟三位公说，才特意转来。不开门也可以，请到近处来吧。"俊成卿道："来得正好，既是忠度，不妨事，请进来吧。"说罢打开大门，两人乃得晤面，此时此景是不胜哀愁的。忠度说道："近年来承您指教，学作和歌，从来不敢怠慢。因为近二三年京城骚动，诸国叛乱，这些事和我们平家干系很大，虽然对和歌不敢怠慢，但也未能常来请教。现在主上业已蒙尘，我们平家的气运也已尽了。前些时候知道您奉敕撰集和歌，如肯收录我的一首，那将是我一生的光荣。因为局势动乱，您尚未着手，令人深感遗憾。将来时局平定，您定会着手撰集的。我这里有自咏的和歌一卷，如能垂青，即使收录一首，我在九泉之下也会感到高兴。我会在冥冥之中，保佑您贵体安康。"说着便从铠甲下边取出一卷自己选录的一百余首和歌，递了过去。俊成卿打开一看，说道："承你留下纪念，我自然

不敢疏忽，请放心好了。你这次光临，风雅之情感人肺腑，我禁不住感激得流泪了。”忠度听了自是高兴，说道：“此番远行，即使永沉海底，或者暴尸山野，今生今世也没有遗恨了。那么，告辞了。”说罢上马，紧了紧头盔的纽带，向西方纵马而去。俊成卿在后面望去，目送到远处，只听忠度朗声吟道：“前路迢迢，驰思于雁山之暮云……”俊成卿惜别之感涌上心头，便掩泪走了回去。

后来时势平定，俊成卿撰集《千载集》时，想起当初忠度的情形，记起当时他的言语，觉得十分可哀。他留下的一卷歌集里固然有不少很好的作品，但因他是钦案追究的人，不便披露姓名，所以便标上作者佚名，选了他一首题名为《故乡花》的歌。歌曰：

志贺旧皇都，
满眼尽荒芜；
郊外山上樱，
盛开仍如初。

本身既已成为朝廷的逆臣，固然不该再有什么辩解，但也确实是很可哀的。

（第七卷）

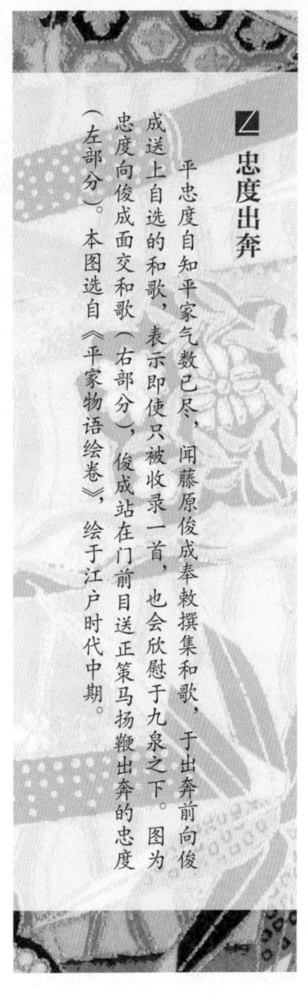

乙 忠度出奔

平忠度自知平家气数已尽，闻藤原俊成奉敕撰集和歌，于出奔前向俊成送上自选的和歌，表示即使只被收录一首，也会欣慰于九泉之下。图为忠度向俊成面交和歌（右部分），俊成站在门前目送正策马扬鞭出奔的忠度（左部分）。本图选自《平家物语绘卷》，绘于江户时代中期。

猫　间

泰定回到京都便晋谒法皇，在殿前详细奏报了关东的情况，法皇很是高兴。公卿、殿上人也都喜形于色，认为兵卫佐到底气度不凡，不像木曾义仲那样当上了左马头，担任京都的守备，而举止言谈还是那么粗俗。当然这也难怪，木曾从两岁起就住在信浓国的山村里，一直待到三十岁，还能要他怎样呢。

有一次，猫间中纳言光高卿，有事去和木曾义仲商量，警卫向木曾报告说："猫间公来啦，说有要紧的事和您商量。"木曾听了大笑，说道："怎么，猫要来见人？""是叫作猫间中纳

义仲与猫间

猫间中纳言来见左马头木曾义仲，警卫说："猫间公来了。"义仲大笑道："猫要来见人？"图为仲义请猫间吃饭，又开起玩笑来。本图选自《平家物语绘卷》，绘于江户时代中期。

言的公卿。猫间想必是他家住址的称呼。”这么一解释，木曾说声“那就请吧”，便和客人见面了。但是，尽管如此，“猫间公”这几个字还是说不上来，而是说：“猫公难得来呀，那么请吃饭吧。”中纳言听了说道：“没必要吃饭了。”“正是饭时，哪能不吃饭呢？”木曾以为凡是新鲜食品都叫作“无盐”，便向从卒说：“正好有无盐的平菇，快拿来吧。”侍候用膳的是根井小弥太，他拣了个顶大的农村用的盖碗，底很深，又把饭盛得高高的，配了三种菜，外加一碗平菇汤。在木曾面前也同样摆了一份。木曾拿起筷子就吃。猫间公嫌碗脏，连筷子也没动。木曾说道：“这是义仲敬佛用的碗呀。”中纳言觉得不吃是很失礼的，便拿起筷子来做出吃饭的样子。木曾看了嗔怪说：“猫公饭量小，您可别像吃猫食似的，扒拉着吃吧。”中纳言实在扫兴，要商量的事一句没提就赶紧回去了。

木曾自从晋封为朝廷高官，便认为不宜穿直裰入朝，开始换上布制的狩衣，头戴立乌帽子，下穿带纽结的长筒裤，从上到下实在难看。木曾倒很喜欢坐车，可还穿着铠甲，插着箭，挽着弓，完全没有骑马时那种威风了。这驾牛车原来是现居屋岛的大臣平宗盛的，牛倌也还是原来的那个。木曾捉住这个牛倌之后，按照当时的社会风气依然把他留下使用，但这牛倌心里却很是不平。平时闲着拴在栏里喂养的牛，出门拉车是吃不惯鞭子的，他用力一抽，那牛便向前猛跑，车里

义仲乘牛车

木曾义仲晋升为左马头，喜欢坐车。他留下一个被捉来的小牛倌为他驾车，小牛倌用力鞭打拉车的牛，那牛便向前猛跑，义仲被摔个倒仰。图为义仲所乘的牛车。本图选自《平家物语绘卷》，绘于江户时代中期。

的木曾公便被摔个倒仰，像蝴蝶展翅似的，张开两只袖子，怎么也起不来。木曾公不喊他“牛倌”，而是说：“车把式，干吗？车把式！”牛倌以为是叫他快赶车，便一口气飞跑了五六町。今井四郎兼平挥鞭跃马赶来，斥责说：“干吗把车赶得这么快？”“这牛不听使唤。”牛倌这么解释，想缓和一下，又说：“车上有个把手，您抓住把手得啦。”木曾便紧紧抓住这个把手，问道：“这把手真妙，是车把式搞的，还是大臣想的办法？”及至来到法皇的宫里，把牛从车上卸下来，他就从后面下车。在京里长大的仆从告诉他：“这车子要从后边上，从前面下。”“管它什么车，哪头不能上下！”他仍然坚持从后面下车。类似这样可笑的事还有不少，人们怕他，并不敢讲。

（第八卷）

法住寺交战

在法皇方面担任警卫的近江守仲兼，兵力仅有五十余骑，当他正守卫在法住寺西门的时候，近江源氏山本冠者义高飞马前来报告说：“我们在这里交战是为保卫谁呢？法皇、天皇，都已移驾到别处去了。”仲兼说道：“那么好吧。”便发出呐喊冲入众多的敌军之中，展开了激战，终于突破重围跑了出去。他们主从一共只有八骑，其中有一个是属于河内国草香族党、名叫加贺坊的武僧，骑着一匹性情极其暴躁的花白色战马，他抱怨说：“这匹马性情暴躁，不听使唤。”仲兼说：“那么，换骑我的马吧！”于是便把自己的栗色白尾马换给加贺坊。他们主从八骑朝着防守在河原坂的根井小野太所率二百余骑敌军，呐喊着冲杀过去，登时就被守军射死了五骑，只剩下主从三人。加贺坊虽然换骑了主人的马，也最终战死了。

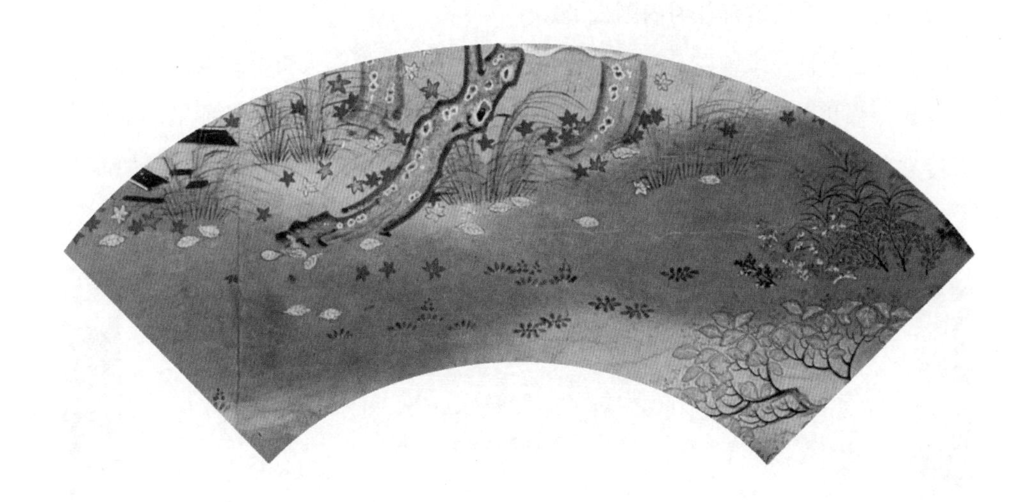

源藏人仲兼的一族有个名叫信浓次郎藏人仲赖的，因被敌军阻隔，不知仲兼的去向。他看到栗色白尾马便呼唤仆人说：“这马是藏人仲兼的马，看来是被杀了，我们立过同生死的誓约，不能死在一处太遗憾了，他是冲进哪个阵地了呢？”答说：“是冲进河原坂的阵地去了，刚才还看到他的马从那里冲出来。”“那么你赶快回去，把我们的情况告诉家乡的人。”言罢，孤身一人骤马向前，高声喊道：“俺是敦实亲王九代苗裔、信浓守仲重的次子、信浓次郎藏人仲赖，年二十七岁，有胆量的上来，跟俺拼个死活。”言罢，四面八方，横冲直撞，东杀西砍，消灭了不少敌人，最后也战死于疆场。这件事，藏人仲兼做梦也不会想到。他同哥哥河内守，还有一个从卒，主从三人向南逃去。行至木幡山，恰巧赶上因害怕战乱抛离京师、奔向宇治的摄政公藤原基通。摄政公以为他们是木曾的余党，停住御车，问道：“来的是什么人？”答说：“仲兼、仲信。”“这是怎么说的，还以为是北国的凶徒呢。你们来得正好，就在我身边守卫吧。”他们毕恭毕敬地接受了命令，把他护送到宇治的故里，然后就奔往河内国去了。

翌日二十日，木曾左马头站在六条河原上，让人把昨天斩杀的人头挂起来点一点数，总共六百三十个。三井寺的住持圆庆法亲王的首级也挂在那里，看到的人没有不流泪的。木曾率军七千余骑策马向东，出发时连发三次呐喊，真如惊天

法住寺交战

木曾义仲无法无天，烧了后白河法皇的御所法住寺，拘执了法皇。于是法皇警卫仲兼发出呐喊，冲入众多的敌军之中。图为仲兼与义仲两军在焚烧中的法住寺前展开了激战。本图选自《平家物语绘卷》，绘于江户时代中期。

动地一般。都城之内顿时起了一阵喧嚷之声，但听上去像是喜悦的欢呼声。

故少纳言入道信西的儿子、宰相长教，来到法皇在五条的皇居，向警卫说道：“我有要紧的事启奏，请给通禀一下。”武士不答应。他没办法，便进入一户人家，立即剃去头发，换上黑色衣裤，扮成僧侣模样，再次进前说道：“这样可以了吧，请让我进去。”这回武士就答应了他。长教来到法皇面前，一一禀报了这次战乱中遇害的重要人物。法皇不禁珠泪滚滚地说：“明云死于非命，是万万想不到的。这次骚乱，我本该一命归天，却反倒活了下来！”说完仍是止不住地流泪。

木曾召集一族部曲商议道：“义仲已经战胜了一天之主，究竟是当天皇好，还是当法皇？若当天皇，得梳个童子发，若当法皇，得剃个和尚头，都很难看。我看就当个关白吧！”这时，军中秘书大夫坊觉明说道：“关白历来是由大织冠的后裔、藤原家的子孙担任的。您是源氏一脉，恐怕不妥吧！”“那就没有办法了。”于是便自封为法皇厩舍别当［厩舍的长官，主管御用马匹］，把丹波国作为自己的领地。他既不知上皇因为出家才称法皇，也不知天皇尚未成年所以梳着童子发，未免太无知了。他还要娶前关白藤原基房的女儿，过了不久果然成了藤原公的女婿。

同年十一月二十三日，他又下令罢免了三条中纳言藤原朝方等公卿、殿上人四十九人的官职，并且予以禁锢。这同平氏掌权时罢免四十三人的官职相比，更

法皇皈依佛法

义仲扬言战胜一天之主，自封法皇。后白河上皇皈依佛法。图为后白河上皇专心念佛，法名为法然。本图选自《法然上人绘传》（部分），绘于镰仓时代后期。

为专横霸道。

却说木曾如此无法无天，镰仓的前兵卫佐源赖朝颇为恼怒，想要兴兵讨伐，便通知其弟蒲冠者范赖和九郎冠者义经向京师进攻。但范赖和义经风闻木曾烧了法住寺，拘执了法皇，弄得暗无天日，便商议说："不能如此轻易地攻打京师，先到镰仓详细谋划之后再采取行动。"二人行至尾张国热田大宫司处，恰好宫内判官公朝和藤内左卫门时成为报知京中情况从都城飞奔到此，将木曾种种恶行与二人说了个详细。义经听罢说道："这些情况，宫内判官应当亲自去向镰仓报告，如果不了解详情的使者前去，镰仓公询问起来，恐怕就说不明白了。"于是公朝便继续东下，奔往镰仓去了。仆役下人因害怕打仗全都逃散了，只有十五岁的嫡子宫内所公茂和他同行。来到镰仓向兵卫佐源赖朝述说原委之后，兵卫佐大惊道："鼓判官知康举措失当，以致法皇宫被焚，高僧明僧遇害，实属可恨。知康已属违误诏旨的人，如再继续任用，还会出大事的。"言罢立即派出使者前往京师。那鼓判官为了解释失误之由，昼夜兼程飞奔镰仓而来。兵卫佐只是冷淡地说："这个蠢材，我不见他，没什么好说的。"知康连日到兵卫佐的府邸求见，终未获准，体面全失，返回京都去了。后来听说他隐居在稻荷神社附近，苟延性命。

木曾向平氏方面派出使者，要求："速来京师，共谋征伐东国。"内大臣很是高兴，但大纳言平时忠、新纳言平知盛认为："即使当此末世，与木曾相互结交依托，返回京都，也是不妥当的。圣明帝王带着三种神器在这里，应即诏令他卸甲弛弓，前来投降。"这样给予答复，木曾当然不肯接受。松殿入道公叫木曾来到自己的府邸说："清盛公虽然作恶多端，却也做了不少难得的善行，使天下维持了二十余年的安宁。所以只做恶不行善是不能持久的，你罢免的那些官爵，应该统统给他们复职。"木曾虽是一介草莽武夫，这回倒听从劝告，给那些罢了官的全都恢复了官职。松殿入道公的儿子师家，当时是中纳言中将，在木曾主持下晋升为大臣摄政。这时恰好大臣没有缺额，便把德大寺左大将实定公内大臣的职位借拨给师家，让他当了内大臣，因此世上都把新摄政公称为“借用大臣”。

同年十二月十日，法皇离开五条的行宫移居到大膳大夫成忠的邸宅、六条的西洞院。同月十三日在宫中照例举行岁末佛事，然后叙官论爵，确定任免。一切均按木曾的主张，安排了各人的官职。这时，平家在西国，兵卫佐在东国，木曾本人则在京师，各自扩张势力。这正好像中国西汉东汉之间，王莽夺取天下掌政一十八年的情况一样。四方的关卡一律禁止通行，朝廷的租税无法输纳，私人的年贡也进不了京，京中上下人等都如同缺水的鱼，苟延残喘，勉强度日，就在这危难之中迎来了寿永三年。

（第八卷）

宇治川夺魁

源氏大军从尾张国出发，兵分两路从正面和背后进攻。攻正面的大将军是蒲御曹司范赖，部将有武田太郎、加贺美次郎、一条次郎、板垣三郎、稻毛三郎、榛谷四郎、熊谷次郎、猪俣小平六等，总兵力约三万五千余骑，进抵近江国的野路和原。攻背后的大将军是九郎御曹司义经，部将有安田三郎、大内太郎、畠山庄司次郎、梶原源太、佐佐木四郎、糟谷藤太、涩谷右马允重助、平山武者所重季等，总兵力约二万五千余骑，取道伊贺国向宇治桥头挺进。敌军方面已把宇治和势田两处大桥拆毁，在河底打了很多尖桩，拴牢粗绳，把削尖的树枝倒竖起来扎成栅栏。

那时方值正月下旬，比良的峻岭，志贺的山峦，那顶峰上的常年积雪已经开始消融，山谷间的坚冰也已开始解冻，因而河水比平时激涨，只见白浪汹涌澎湃，因阻于浅滩而高涨起来，那涛声震天有如瀑布轰鸣，倒灌的河水流动也很迅猛。夜色已渐隐去，现出曙光，但河雾浓重，战马和铠甲的颜色全然分辨不清。大将军九郎御曹司义经进抵河岸，抬眼向河面望去，心想且先试探一下士气，于是说道："该怎么办呀，从淀和芋洗两处迂回过去好呢，还是等河水落下去再说？"畠山重忠当时年方二十一岁，进前说道："在镰仓时不就对这条河有过估计吗，这也不是什么突然冒出来的陌生的水泊。这条河是近江国湖水的下游，等到什么时候也不会干的，难道想搭了板桥再前进吗？记得治承之战的时节，足利又太郎忠纲以惊人的神力冲过河去，如今我重忠这就下水，探察一下水的深浅。"说罢，便以丹治族为主力，五百余骑战马密密匝匝并辔列成一排。正待行动之际，忽然从平等院的东北方向叫作桔的小岛的角上，有武士二人策马前来，一骑是梶原源太景季，一骑是佐佐木四郎高纲。当时人们还没察觉是怎么回事，原来他们二人都想争立头功，梶原抢在佐佐木前面大约有一段［约等于十点九米］之地。佐佐木四郎说道："这是西国最大的一条河。你马的肚带松了，快勒紧！"梶原听了，心想这倒是的，便两脚踩镫叉开，把缰绳放在马颈上，双手去紧肚带。这时佐佐木蓦地跃马前进，冲入河里去了。梶原情知上当，便立即紧紧跟了上去，喊道："喂，佐佐木，立功心切可不要失算呀！河底下张着绳索哩！"这么一说，佐佐木便拔出腰刀来，把绊马索一条一条斩断，骑在日本第一的生食马上，不顾宇治川水流湍急，一条线笔直地渡到对岸去了。梶原所骑的摺墨马在河心被冲成一条弓背形的弧线，从下游远处渡过岸来。佐佐木双脚踩镫立在马上，大声向敌人通报姓名："俺乃是宇多天皇九世后裔佐佐木三郎秀义的四子，佐佐木四郎高纲，宇治川的先锋！有本事的上来和俺高纲见个高下！"高喊着向敌阵冲了过去。畠山的一百余骑，紧接着下河涉渡。这时山田次郎从对岸放过箭来，射中畠山的马额，马力不支，畠山便在河心撑着弓杖从马上下来。撞击岩石的波浪朝着头盔猛袭过来，他置之不顾，从水下潜渡到对岸去了。正想上岸的时候，突然觉得后面有人拽他。问道："是谁？"答说："重亲。""怎么，是大串吗？"答说："是的。"大串次郎重亲行冠礼的时候，畠山是给他加冠的长辈。"水流太急，马给冲倒了，没有办法，只好抓着您前进。"畠山听了说道："你们这些娃娃，总离不开我重忠的庇护呀！"一面说着，一面抓住大串投掷到岸上去。大串被掷上岸，立即站起来，向敌阵通报姓名："武藏国住人大串次郎重亲，宇治川徒步涉水的先锋。"敌人和本部的武士们全都听见了，无不哈哈大笑。之后，畠山换乘了一匹马，上得岸来，只见迎面有一敌将身穿浅绿色直裰，外着红线缝缀的铠甲，骑着一匹有灰色圆斑的白马，马上披着金银装饰的马鞍，率先冲上前来。于是问道："过来的是什么人？报上名来！""木曾公的族人，长濑判官代重纲。""那么，今天就拿你来祭军神吧！"畠山说着

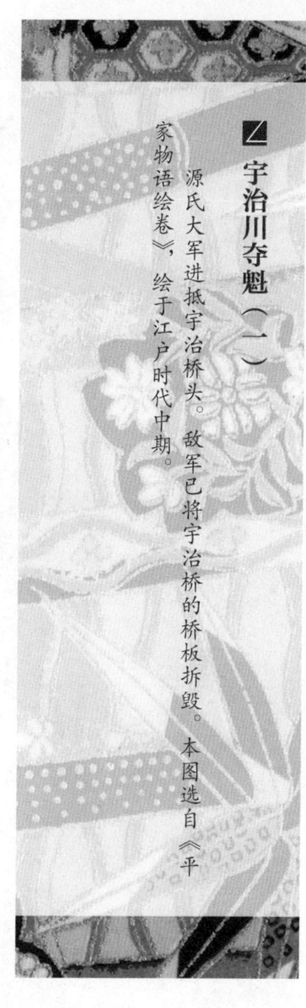

宇治川夺魁（一）

源氏大军进抵宇治桥头。敌军已将宇治桥的桥板拆毁。本图选自《平家物语绘卷》，绘于江户时代中期。

就骤马上前，把那人拖下马来，割下首级，挂在本田次郎马鞍前的纽结上。交战从此开始，木曾方面驻守宇治桥的军兵进行了短暂的防御之后，因东国的大军都已渡过河来进攻，便渐渐地溃败，退往木幡山和伏见去了。势田方面，用了稻毛三郎重成的计谋，由田上地方的供御浅滩渡过河去。

（第九卷）

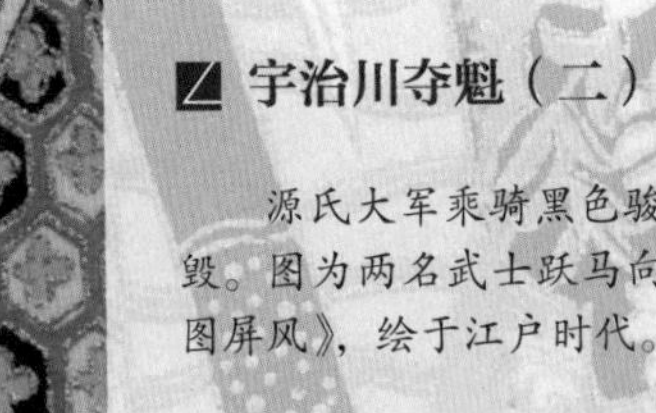

宇治川夺魁（二）

源氏大军乘骑黑色骏马，向宇治桥头挺进。敌军已将宇治桥的桥板折毁。图为两名武士跃马向前，争取立头功。本图选自《一谷·宇治桥交战图屏风》，绘于江户时代。

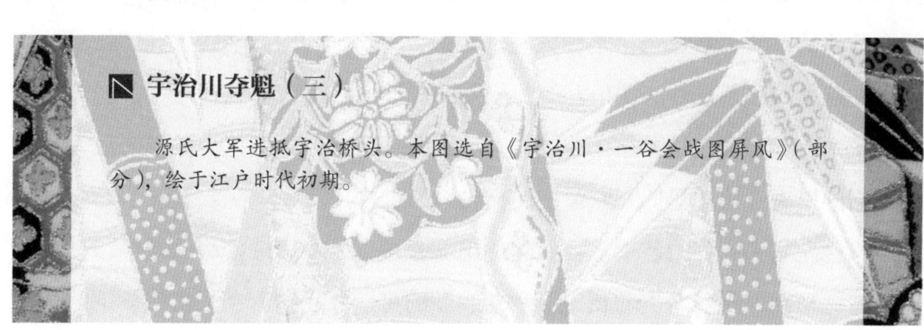

宇治川夺魁（三）

源氏大军进抵宇治桥头。本图选自《宇治川·一谷会战图屏风》（部分），绘于江户时代初期。

木曾之死

木曾从信浓出发时，带着两个美女，一个叫阿巴，一个叫山吹。阿巴肤白发长，容貌出众，而且善用强弓，无论马上或徒步，无不百发百中，神鬼皆愁，算得上一可当千的英雄。她善骑烈马，在艰险处也能上下自如，打起仗来身披优质铠甲，手持长刀强弓，率先直取对方主将，多次建立战功，几乎没人能和她比肩。因此，在这次交战中很多人或是败走，或是阵亡，而她却残存在最后的七骑之中。

传闻木曾经长坂走上了通向丹波大路，又传闻木曾沿着龙华山路逃往北国去了。其实，木曾为了探听今井四郎兼平的去向，朝着势田方向奔了过去。今井原以八百余骑在势田防守，现在只剩下五十骑，因担心主将木曾的安危，便卷起战旗，向京城退去。行至大津的打出滨，恰和木曾相遇。在相距一町之处，互相辨认出来，两人策马相聚，木曾握着今井的手说道："义仲原想在六条河原拼了这条性命，只因担心你的去向，便突破重围，跑向这边来了。"今井说道："多谢你关怀。兼平也想在势田拼却一死，因为挂念着你，便往这边赶了过来。"木曾说道："如此看来，我们主从的缘分还没有尽。义仲的军兵被敌人截断，逃散在山林里，也许就藏在这一带，把你卷起的战旗举起来作个集合的标志吧！"今井便把战旗高高举起。那些从京城败下来的军兵，以及从势田败下来的军兵，约三百骑，看到今井的战旗便奔集过来。木曾大喜，说道："有这些勇士，可以作最后一战了。聚集在这里的敌军是谁的队伍？""是甲斐国的一条次郎。""有多少人马？""大约六千余骑。""嗯，是个像样的敌人。反正要拼个一死，就拣个像样的敌人，冲进他们阵里决一死战吧！"说罢，便率先杀了过去。

木曾左马头当日的装束是：红地的锦绸直裰，外穿唐绫密缀的铠甲，头盔顶上打着锹形结，佩着名贵的长刀，拿着缠藤的弓，背后插着当天交战剩下的几支

阿巴与八郎交锋

木曾在激战中，让身边带着的美女阿巴逃走，自己决心拼个一死（图上部）。然而，阿巴未从，杀上敌阵，与御田八郎并马交锋，最终割下八郎的首级，抛在荒野（图下部）。本图选自《平家物语绘卷》，绘于江户时代中期。

鹰尾箭，骑着有名的灰褐色烈马，马肥壮而又剽悍，佩着金饰的马鞍。他脚踏马镫立起身来，高声通报姓名："平时听说过木曾冠者吧，今天你们看到的就是左马头兼伊豫守、朝日将军源义仲。那边是甲斐国的一条次郎吗？咱们是棋逢对手！就来和义仲拼个你死我活，让武士们看看吧！"大喊着飞驰过去。一条次郎向部下吼道："刚才通名的是位大将军，小伙子们！一个也别让他们跑掉，给我杀呀！"说罢，指挥大军包围上来，个个拼命向前厮杀。木曾所率三百骑在这六千余骑的包围之中，四面八方纵横驰骤，使尽各种着数，杀到后来回头一看，只剩下五十骑了。想往那边杀去，有土肥次郎实平率二千余骑挡住去路；再往这边杀去，也有四五百骑坚守；所向之处，或二三百骑，或百四五十骑，或一百骑，都有优势敌军。经过辗转拼杀，左冲右突，到了最后只剩主从五骑了。在这五骑中，那位阿巴还在。木曾说道："你是女流之辈，不管哪里，快逃出去吧。我是决心拼个一死的。你假若落在敌人手里，就是自尽身亡，也会让人议论我木曾在临终一战还带着女人，那是不好的。"可是阿巴仍不想脱身，她心想："快来个强敌吧，让我作最后一战给你看看。"便勒马伺机。这时武藏国有名的大力士御田八郎师重率三十骑闯来。阿巴杀上前去，与御田八郎并马交锋，猛然间将他擒过马来，按在鞍前，使他动弹不得，立即割下首级抛在荒野。然后她尽弃铠甲等物，朝东国

木曾义仲之死

木曾义仲单人匹马逃至松林，深陷泥潭之中，中箭落马，最终被对手的两个士卒取下了首级。图为义仲深陷泥潭中，对方两个士卒追杀过来的情景。本图选自《平家物语绘卷》，绘于江户时代中期。

逃去。其余的人，手塚太郎战死，手塚别当落荒而逃。

只剩下木曾和今井四郎主从二骑了。木曾说：“这铠甲平素不觉得怎样，今天怎么这么沉重！”今井四郎说道：“您身体也没疲乏，战马也没困顿，为什么这一件铠甲就觉得沉重呢？恐怕是因为部下丧尽，有些气馁了！我兼平即使剩下一个人，也会让他们如临大敌，现在还有七八支箭，足可以抵挡一阵。那边看到的就是粟津松林，您就在那松林里自尽吧。”边说边策马前进，忽见又有无名的军兵大约五十骑迎面赶来。今井说道：“您快进松林里去，让我来抵挡。”木曾却说：“义仲原想在京城战死，逃遁到此就是为了要和你死在一处，与其我们分别战死，不如我们一同和敌人拼死吧。”他们原是两马并头前进，今井听了这话，立即跳下马来，紧靠着木曾的马头说道：“手执弓矢的人，尽管平时负有盛名，倘若最后的时刻不自觉地显露出软弱来，那将是永难磨灭的瑕疵。您身体已经疲乏，又没人来接应，如果敌军把我们隔开，被那些无名之辈打败，死在他们手里，日后说起来，全日本赫赫有名的木曾公最后死在无名鼠辈手里，未免是千古遗恨。赶快进松林里去吧！”木曾说：“好吧。”便往粟津松林去了。

今井四郎单人匹马闯入五十来骑的敌军中去，脚踩马镫立起身来，高声通名：“你们平日也总该听说过，今天让你们见识见识。俺就是木曾公的养子今井四郎兼平，行年三十三岁。提起本人，赖朝公也是知道的。现在兼平跟你们开仗，让赖朝公也看一看。”说罢便把剩下的八支箭狠狠地连发出去，敌军之中当即有八人落马，也不知是死是活。随后便拔出腰刀，东突西冲，策马砍杀，没一个敢上前迎战。敌方只是叫喊“放箭”，把他围在核心，箭镞雨点一般射将过来，亏得铠甲坚牢，未能穿透，也没射中缝隙，因而并未受伤。

木曾单人匹马向粟津松林驰去，那时正当正月二十一日黄昏，地面结起了薄冰，没有看清前面有一片深水田，跃马进去，深陷在泥水之中，连马头都给淹没

了。任凭他踏着马镫驱赶，挥舞马鞭抽打，那马只是纹丝不动。因为心里挂念着今井四郎，木曾不觉回过头去张望，这时从后面追来的三浦石田次郎为久，正觑着他的面部嗖地射出一箭。木曾受了重创，俯下头来，把头盔抵在马头上，石田的两个从卒追至近旁，终于取了木曾的首级，挑在刀尖上，高高举起，大声喊道："闻名全日本的木曾公，被石田次郎射死啦！"今井四郎正在酣战，听得这个喊声，说道："事到如今，我还为谁而战呢！请看吧，东国的诸位！这就是日本第一的硬汉自尽的楷模！"说罢，把刀尖插入口里，从马上一头倒栽下来，刺穿咽喉而死。因此，粟津一战没有交锋就收场了。

（第九卷）

高野山

泷口入道见了三位中将维盛，说道："这不是做梦吗？你是怎样从屋岛逃到这里的？"维盛答道："说来话长，和全家一同离开京城，逃奔西国之后，对留在故里的妻室儿女很是怀恋，无论如何也放心不下。这种心情虽不好说出口，但形容之间难免有所流露。内大臣和祖母大人都说我：'和池大纳言［即平赖盛，官职为大纳言，住在池殿故称池大纳言］一样，怀有二心。'如此见疑，使我觉得留在那里也是无益，更加不能安心了，因此就惶惶不安地离开屋岛，逃到这里来了。本想回到京里同妻子儿女见一面，但想起正三位中将重衡被俘示众之事，觉得有些不妥，与其同样丧命，倒不如在这里出家，纵然陷于水深火热之中亦在所不惜，只盼能够了却参拜熊野的夙愿就心满意足了。"泷口说道："梦幻一般的人世，怎样度过都值得，只是死后落入黑暗永劫的世界，那就不堪设想了。"于是，由泷口入道引导，维盛在高野山的寺院观礼一番，随后走进最深处的弘法大师的院堂去了。

高野山距京城二百里，远离闹市，杳无人声；晴朗时，山风树鸣；天暮时，日影沉寂；八岳高峰，九道深谷，确实令人心静神清。花色绽于林雾之中，铃声响彻青云之上；寺院中瓦顶生松，墙上生苔，显示其已是久历风霜了。当初醍醐

维盛出家

维盛身无所归，到了高野山，巧遇侍奉过其父的泷口僧，并削发出家，祈愿："平家历经九代，传到我维盛，万一平家有幸中兴，就请传给六代。"图为维盛在泷口僧的向导下，观礼高野山寺的堂塔。本图选自《平家物语绘卷》，绘于江户时代中期。

天皇在世的时候，按照梦中神佛的指引，要给弘法大师奉献一件深红色御衣。于是命令中纳言资隆卿为敕使，会同般若寺僧正观贤去参拜高野山。当他们打开庙门，奉献御衣的时候，因为雾气太重，无法参拜大师。观贤因此深感怅惘，流泪说道："我出自慈母之胎，入于恩师之室，从未冒犯戒律，为何不让我顶礼膜拜呢？"于是五体投地，哀泣不已。少顷，雾散云晴，月光如霁，乃得朝大师膜拜。登时，观贤感动得热泪盈眶，当即给大师献上御衣。陪同敕使和僧正前来参拜的还有僧正的弟子石山寺的内供淳祐，当时他还是一位童僧，未能进前膜拜大师，兀自失望叹息。僧正于是牵着他的手，按他俯在大师膝前。从此，他这只手竟然一直散发着芳香。据说这芳香濡染到石山寺的经卷上，一直残留至今。传说弘法大师曾有这样的话转奏天皇："我因从前得遇普贤菩萨，详细传授给我印契和真言，所以便立下宏愿，远离印度到这外国来，日日夜夜垂悯万民，转达普贤菩萨的慈悲。我以肉体之身参得佛法三昧，等待弥勒菩萨的出现。"这正和当年摩诃迦叶隐居在鸡足山洞窟，等待弥勒菩萨出现在翅都城下一样。大师圆寂是在承和二年（835年）三月二十一日寅时一刻，距今已三百余年了。今后再过五十六亿七千万年，弥勒才会再次出现，举行三次讲经的法会，这还是非常遥远的事情。

（第十卷）

胜　浦

天色已经大亮，看得见岸边滩头有赤旗微微飘动。判官义经命令道："啊呀！他们已经有准备了！如果把船径直驶到滩头，再从船上卸马，船体倾斜，我们就会成为箭靶，会被敌人射中。因此，要在未到滩头之前把马赶下水去，让马紧靠船舷，游水前进。到马足能够着地、水只淹到马鞍下边的时候，我们就如潮涌一般乘马前进。诸位，就这么干吧！"在五艘船上，装有兵器、军粮，战马只有五十余匹。待到驶近滩头，便急忙上马，呐喊着向前冲去。埋伏在滩头的一百余骑守军，惊恐不迭，慌忙后退了二町左右。判官上得滩头，让马匹稍事休息，唤过伊势三郎义盛，吩咐道："从对方队伍中找个有身份的人来，有事问他。"义盛遵命，单身匹马冲入敌阵，转眼之间，果然带回一个为首的人。那人四十上下，穿着黑革缝缀的铠甲，脱掉头盔，卸下弓弦，相随而来。判官问道："你是什么人？""本地居民，坂西的近藤六亲家。""叫什么家都行呀，也不必缴除你的兵刃，就这样给我们带路到屋岛去。大家注意喽！紧紧盯住他，若要逃跑就射死他！"这样命令之后，又问道："这里叫什么地方？""叫胜浦。"判官笑道："是有意讨好吧！""确实叫胜浦。人们为了顺口，省略一个字音，说成加津罗，文字写成胜浦。"判官向从人说道："大家听着，我义经前来作战，到达胜浦，这是个吉兆。这一带有和平家一气的吗？""有一个，就是阿波民部重能的弟弟樱间介能远。""好啦，先除掉他，冲过去！"说罢就从近藤六亲家的一百余骑中选拔了三十余骑，编成源氏队伍。进军到能远的城池附近一看，只见三面是泥沼，一面是壕沟，便从壕沟处前进，大作喊声。城里的军兵一齐搭箭，胡乱地连连射了过来。源氏军兵毫不在意，放下头盔上的护颈，高声呐喊着攻了过去。樱间介见势不妙，便叫亲兵放箭掩护，自己跨上精壮的战马，猛抽几鞭，好不容

胜　浦

平、源氏在胜浦大会战，船上平家军一齐弯弓搭箭，连连射向对方。源家军策马向前进攻。图为双方在胜浦交战的壮景。本图选自《平家绘扇面贴交屏风》(部分)。

易逃了出去。判官把放箭的二十余人斩了首级，供献军神，高声欢呼：“旗开得胜喽！”

判官向近藤六亲家问道：“屋岛那里，平家有多少人马？”“不超过一千骑。”“为何这么少？”“因为要在四国每个渡口每个岛屿分别配置五十骑、一百骑，而且阿波民部重能的嫡子田内左卫门教能，为了征讨不服调遣的河野四郎，带走了三千余骑奔向伊豫去了。”“如此说来，这是绝好的机会。由这里到屋岛有多远的行程？”“有二日的行程。”“那么，就趁敌人尚未得到消息，猛扑过去！”于是，时而策马奔驰，时而缓步行进，时而驻马小憩。这次连夜跨过了阿波和赞岐的分界线、名叫大坂越的山岳。

半夜时分，判官同一个递送文书的人搭伴同行，交谈起来。因为是在夜间，这个人做梦也没想到遇见的是敌人，还以为是开往屋岛去的平家军，便无所顾忌地细谈起来。“这信是送给谁的？”“送给屋岛的内大臣。”“是谁托带的？”“在京都的女眷。”“里边写了些什么？”问了这话之后，那人答道：“没什么特别的事，说是源氏已经进抵淀河河梢，特地告诉一声。”“说得不错。我也正往屋岛去，不晓得那里的情况，你就给带路吧。”那人答道：“我时常来往，情况是晓得的，就同你一道走吧。”判官立即喝道：“把信拿过来！”立即夺过书信，命令道：“把他捆起来！少作孽，且不杀他！”说罢，便把那人捆在山里的树上，扬长而去。及至把书信拆开看时，果然是女眷的口气，上面写道：“……九郎是个精干的人，我想他会冒着大风大浪率军前进的，请你万勿分散兵力，用心提防才好。”判官看罢说道：“这是上天赐给我义经的书信，留着给镰仓公看吧！”说罢好好收藏起来。

次日即十八日寅时，到达赞岐国的引田。让人马稍事休息之后，取道丹生屋、白鸟，节节向前，朝屋岛的城池逼近。这时又把近藤六亲家召来问道："屋岛水路情况怎样？""您有所不知，那里特别浅，落潮的时候，岛陆之间水深只及马腹。""那么，好啦，立即进攻。"于是，把高松的民房点起火来，向屋岛城挺进。

且说屋岛方面，阿波民部重能的嫡子田内左卫门教能，率三千余骑到伊豫去征讨不服调遣的河野四郎。河野走脱了，于是把其部下家丁一百五十余人予以斩首，带着首级向屋岛行宫报捷。因为不便在行宫验看首级，便在内大臣处勘验。一共是一百五十六人的首级。正在验看之际，忽然有家丁们乱糟糟地吵道："高松方面烧起火来了！""若是白天，还可以说是不慎失火。这一定是敌人逼近，放起火来了。看来，敌军兵力不小，被包围就难办了，赶快上船吧！"船只排列在城郭大门前的海边，人们争先恐后地拥了上去。皇太后、太后妹妹摄政大臣的夫人、太后的母亲二品夫人，以及其他女官都搭在安德天皇的御船上。内大臣父子同乘一船。其他的人各自随意搭上船只，或相距一町，或相距七八段，五六段，相继驶出海去。这时源氏军兵总共七八十骑，突然出现在城门前的滩头。说也凑巧，此时正逢落潮，而且是最浅的时刻，水深只及马的小腿或腹部，并且有的地方比这还要浅。在马蹄溅起的水雾之中猛然升起了白旗，或许是平家气运该尽，竟看作是源氏大军来到了。源军按照义经的指示，为了不致暴露自己的人马单薄，分成五六骑、七八骑、十骑左右，一小群、一小群地分散前进。

（第十一卷）

那须与一

且说阿波、赞岐两地背叛平家、归顺源氏的武士们，这个岭十四五骑，那个洞二十余骑，陆陆续续投奔过来，没多久，判官义经就收罗了三百余骑。

说是“今天天色已晚，不能决战”，正待收兵之际，一艘有些异样的小船从海湾向岸边驶来，在离海岸七八段远的地方，忽然把船横了过来。“这是怎么回事？”人们正自疑惑，却见从船里走出一个十八九岁、婀娜多姿的女郎，穿着一件柳色五重衣和红色裤裙，将一把红地上印着一轮金色太阳的扇子插在横跨两侧船舷的棚板上，向岸上打招呼。判官向后藤兵卫实基问道：“这是怎么回事？”“好像是让射箭。大将军您看，站在箭靶位置的是一个美女，依我看，她是要让一个神箭手射掉那把扇子。果真如此，就让我们的人来射好了。”“那么让谁来射呢？”“高手倒有几个，其中下野国的住人、那须太郎资高的儿子与一宗高，身材虽矮，却是射箭的妙手。”“这话可有根据？”“他打赌射飞鸟，要三只就射下三只，要两只就射下两只。”“那么，把他叫来！”于是就把与一宗高叫了来。

与一那时刚二十来岁，穿着褐色直裰，下摆和袖口都有红色镶边，披着浅绿色线缝缀的铠甲，佩带着银鞘腰刀，背后高高地插着当天作战剩下的几支花斑鹰翎箭，腋下夹着缠藤的弓，头盔挂在肩头的纽结上，就这般装束来到判官面前听令。“宗高呀，把箭射在那把扇子的正中央，让平家的人见识见识。”与一恭敬地回答道：“宗高射箭未必总是那么准，倘若射不中，岂不有损您的威风。有射得更准的人，您叫他射吧。”判官听了大怒，斥道：“诸位将士从镰仓出发，远征西国，决不可违背我义经的命令。倘若怀有三心二意，赶快给我回去！”与一觉得再加申辩恐怕不妥，便说：“绝不是三心二意，您既这么说，我就射射看吧。”说着便退了下来，给那匹肥壮的黑马备上贝壳装饰的雕鞍，飞身骑了上去，重新拿好弓，挽住

平、源大会战中的重衡

正三位中将重衡在与源氏的交战中失败，骑着骏马，挥鞭逃走未遂，做了俘虏，最后被斩。图为重衡所骑的骏马被源氏的将士射中后腿的情形。本图选自六十扇《平家绘扇面贴交屏风》(部分)，绘于江户时代中期。

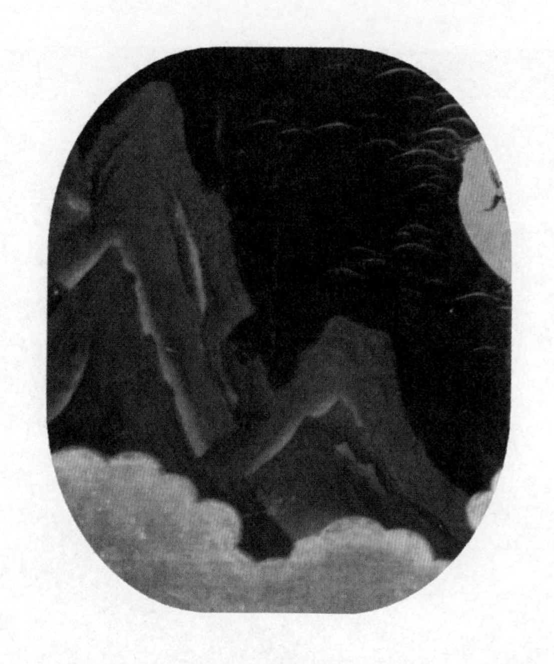

缰绳，驰向滩头去了。伙伴们目送他远去的背影，都说：“这年轻人一定能射中。”判官也以期待的心情注视着。

因为射程稍稍远了一点，与一往海湾方向前进了一段之地，在距离那扇子看起来大约有七段远的地方停住。这时是二月十八日酉时，北风正烈，浪拍岩岸，波涛汹涌，那小船摇摇晃晃，那扇子也不能在扇柄上稳定下来。平家的船队排列在海面上观望着，源氏的人马并辔在陆地上凝视着。对于任何一方来说，都不能不说是一场精彩的表演。与一闭上眼睛，心中祈祷：“南无八幡大菩萨，下野国的诸位神明，日光的权现宇都宫，那须的汤泉大明神，请保佑我射中扇子中央；倘若不中，我一定折弓自尽，不再见人。我切盼再回本国，请保佑我这一箭不要失手吧！”睁眼一看，风势稍减，扇子比较好射了。于是取过响箭，搭在弦上，拉开弓，嗖地射了出去。与一虽说身矮，但箭是十二把三指长，弓是硬弓，箭头

是掠海飞鸣的镝镞，他准确地瞄着寸把长的扇轴射去，扇轴咔嚓一声断成两截，箭镞落在海里，扇子飘在空中。只见扇子闪闪烁烁在空中飘舞，被风吹得翻过来转过去，霎时间就飘落在海面上了。在夕阳照耀下，那把红色的金太阳扇，在白浪上漂浮着，忽隐忽现，悠悠荡荡。海面上，平家的人拍着船舷赞叹不已；陆地上，源氏的人拍着箭筒齐声喝彩。

（第十一卷）

扇 靶

判官义经收兵之际，忽然从海湾来了一只小船，船头站着一个美女，要让一个神箭手射掉她插在棚板上的扇子。图为那须与一正在拉弓发箭射击扇靶。本图选自《平家物语画帖》（部分），绘于江户时代中期。

平、源大会战中的新中纳言

坛浦海战是平、源两军最后一场大决战。平家剩下为数不多的战船，且杂有唐式大船，故敌不过源氏大军。平家的新中纳言平知盛的战马从唐式大船上落海，最后他也纵身跳入大海。图为平知盛所乘的唐式大船。本图选自《平家绘扇面贴交屏风》(部分)。

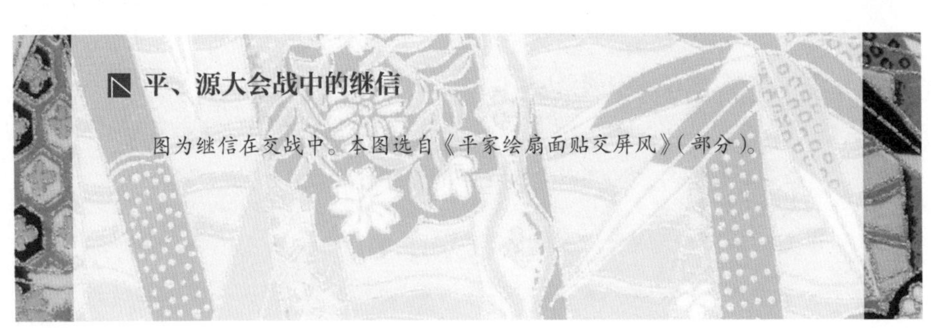

平、源大会战中的继信

图为继信在交战中。本图选自《平家绘扇面贴交屏风》（部分）。

坛浦会战

且说九郎大夫判官源义经强渡周防，与其兄三河守会合一处，而平家则退至长门国的引岛。源氏大军进抵阿波国的胜浦，击退屋岛的守军之后，得悉平家退至引岛，便出其不意，挺进到阿波国的追津。

熊野别当湛增，盘算着是归顺平家好，还是归顺源氏好。为此，在田边的新熊野神社献奏神乐，向权现大神祈祷。虽然得了“即挂白旗”的神示，仍觉狐疑，又取白鸡七只，红鸡七只，令其在权现大神座前一赌胜负，结果红鸡无一获胜，悉数败北。于是他决心归顺源氏，乃召集族中勇士，共得二千余人，搭乘船只二百艘向坛浦进发。船上载着若王子的神体，旗上端的横木上写着“金刚童子”四字，看来像是追随源氏，又像是追随平家，而其实已经归心源氏，对平家早就心灰意冷了。再有伊豫国的住人河野四郎通信，率一百五十艘兵船驶来，与源氏会合一处，判官义经方面壮大了自己的军力。至此，源氏兵船达三千余艘，平家仅有一千余只，而且其中还杂有一些唐式的大船。元历二年（1185 年）三月二十四日卯时，源平两军决定在门司、赤间两处关隘进行决战。那天，判官义经同梶原发生争执，几乎演出同室操戈的事来。梶原对判官说：“今天让我梶原打头阵吧！”判官答道：“假如义经不在，当然可以。”“那不妥吧，您是大将军呀……”判官说：“岂有此理，镰仓公才是大将军哩。义经奉命担任指挥，和你们是一样的。”梶原觉得抢当先锋已属无望，便嘟囔道：“这一位，天生就不是当将军的材料。”判官听了斥道：“你这全日本数第一的大笨蛋！”说着便伸手紧握刀柄。“除了镰仓公，我不承认任何主公。”梶原也攥紧刀把。这时梶原的长子源太景季、次子平次景高、三子景家，都聚拢在父亲身旁。众人看了义经的神色，奥州的佐藤四郎兵卫忠信、伊势三郎义盛、源八广纲、江田源三、熊井太郎、武藏坊辨庆，这

些以一当千的勇士，把梶原团团围住，个个表现出奋不顾身的样子。当此紧急之际，判官给三浦介拦住，梶原被土肥次郎抓牢，两人合十恳求道："在此大敌当前的时候，我们同室操戈，岂不是助长平家的势力吗？尤其是倘若镰仓公知道，恐怕有些不大稳便吧。"判官听了这话便镇静下来，梶原也不好再动手。

且说源平两军对阵，在海面上相隔三十余町。门司、赤间、坛浦三处正值潮水翻腾奔泻，源氏兵船迎潮驶去，力不从心，又被海浪冲了回来，而平家的兵船却得趁潮前进。由于海湾中潮水甚急，梶原沿着海岸行驶，不意迎面来了一艘敌船，被他用挠钩抓住。父子主从十四五人跳了上去，拔出兵刃，由船首到船尾，乱杀乱砍一气，缴获了很多物资，当天立了头功。

不久，源平两军对阵，各自发出呐喊，真个是上惊梵天上帝，下惊海底龙王。新中纳言知盛卿站在船篷下高声喊道："胜败就在今天这一仗，大家不要有丝毫退缩。不论在天竺、震旦，还是在我朝日本，你们都是英勇无比的名将勇士，如果天命当绝，那是人力不能挽回的。但是，我们要珍惜自己的名誉，不要向东国的人示弱。今天不正是我们应该拼出性命的时候吗！我想说的就是这一点。"在他身边的飞驒三郎左卫门景经立即传达命令说："诸位将士，刚才的话大家要牢牢记住！"上总恶七兵卫进前说道："东国的武士惯于马上交锋，对海上作战缺乏训练，就好比让鱼儿上树一样。一个一个地把他们都浸到海里去吧！"越中次郎兵卫说道："让俺跟那位大将军源九郎厮杀吧，九郎生得面白身矮，板牙突出，

坛浦海战（一）

平家的战船杂有唐式大船，但源军以小战船围而攻之。图为坛浦海战的壮伟场面。本图选自《安德天皇缘起绘图》，绘于室町时代后期。

非常显眼，但他常常更换盔甲，一下子很难辨认。”上总恶七兵卫说道：“他虽然气盛，但毕竟年少，没什么了不起的。让俺用一只胳膊把他挟起来扔到海里去吧！”新中纳言这样下达命令之后便去见内大臣，说道：“今天武士们士气很盛，但阿波民部重能似乎已经变心，莫如斩了他的首级。”内大臣说：“没有证据，怎能斩首，况且他一向也是为我们效力的。”于是传令把重能叫来。重能穿着黄赤稍带黑色的直裰，外披白素皮革缝缀的铠甲，诚惶诚恐地来到大臣面前。大臣说道：“喂，重能，变心了吗？今天精神为什么这么不好？告诉四国的军兵，今天要奋勇作战，不许畏畏缩缩！”“绝不会有半点怯阵。”重能回完话便退了下来。新中纳言紧握刀柄想削取重能的首级，频频望着大臣的眼色，但未获准，使他难以下手。

平家将一千余艘兵船分作三路：山贺的兵藤次秀远以五百余艘为第一路率先驶出；随后是松浦族人以三百艘为第二路；平家的公子们以二百余艘殿后，是为第三路。兵藤次秀远所率的军兵在九州岛最为善射，虽然赶不上秀远本人的箭法，但也称得上像样的射手，于是从中选出强弓手五百人，在各船首尾列成横队，把五百支箭一齐射了过去。源氏共有三千艘兵船，军势虽然很盛，但各船射出的箭都算不上强弩。大将军九郎大夫判官亲率士卒战斗在最前列，但盾牌和铠甲抵挡不住敌箭，被射得狼狈不堪。平家方面自以为得胜，频频击鼓，欢呼雀跃。

（第十一卷）

坛浦海战（二）

图为坛浦海战的壮伟场面。本图选自土佐光起画《源平会战图屏风》，绘于江户时代初期。

坛浦海战（三）

图为源军抢登平军战船的混乱情形。本图选自《平家物语绘卷》，绘于江户时代中期。

斗 鸡

熊野的庄园官吏湛增，狐疑不知是归顺平氏还是源氏。权现大神神示向源军挂白旗。然他仍不放心，遂以白、红鸡相斗以一赌胜负，结果红鸡败北，于是他决心归顺源氏。图为斗鸡的场面。本图选自《平家绘扇面贴交屏风》，绘于江户时代中期。

远 矢

源氏方面有一位叫和田小太郎义盛的，他没乘船，立马岸边，跨坐雕鞍，摘下头盔叫人拿着，紧踩马镫，拉满了弓，射出箭去。他是三町左右无不中的强弓手。这是他射出的一支最远的箭，他高喊道："有能耐的把这支箭射回来。"新中纳言平知盛取过这支箭来一看，白篦的箭杆上结扎着下白上黑的鹤翎和鹳翎，是一支十三把半长的大箭，箭杆嵌入镞头的部分用丝线牢牢缠着，箭杆上漆着"和田小太郎义盛"几个字。平家方面虽说也有不少善射的人，但能射这么远的人却不多。知盛忖度少顷，叫人把伊豫国住人仁井纪四郎亲清唤来，让他把这支箭射回去。仁井纪四郎立即将这支箭从海湾射回岸边，超过三町的射程，落在和田小太郎身后一段多远的地方，着着实实射断了三浦的石左近太郎的左腕。三浦的人看见了，笑道："和田小太郎自以为没人比他射得更远，招来这等羞辱。你们看呀！"和田小太郎听了不胜气恼，立即乘上小船，驶离岸边，朝着平家阵中搭好箭，扯满弓，连连射去。平家很多人或中箭而倒，或被射伤手臂。且说判官义经的船上，也有一支白色大箭从海湾上射了过来，那人同和田小太郎一样，也挑衅地高喊："把箭还给我！"判官拔过箭来一看，白篦箭杆结扎着山鸡的尾翎，是十四把三指长的大箭，上写"伊豫国住人仁井纪四郎亲清"。于是向后藤兵卫实基问道："我们有谁能还射这支箭？""甲斐国源氏族中的阿佐里与一是个强弓手。""那就唤他来。"阿佐里与一奉命走近前来，判官吩咐道："对方从海湾射来了这支箭，并要我们给他射回去，你能射吗？""给我看一下。"与一用手指弯弄了几下，说道："这箭，篦子稍软了些，杆子也短了一点，不如用我的箭还射吧。"于是取出九尺来长、油漆缠藤的弓，搭上箭杆涂漆的黑色鹰羽箭，以他那只大手握住十五把长的大箭，扯满了弓，嗖地射了过去。射程大约超过四町，恰好射中站在大船前头

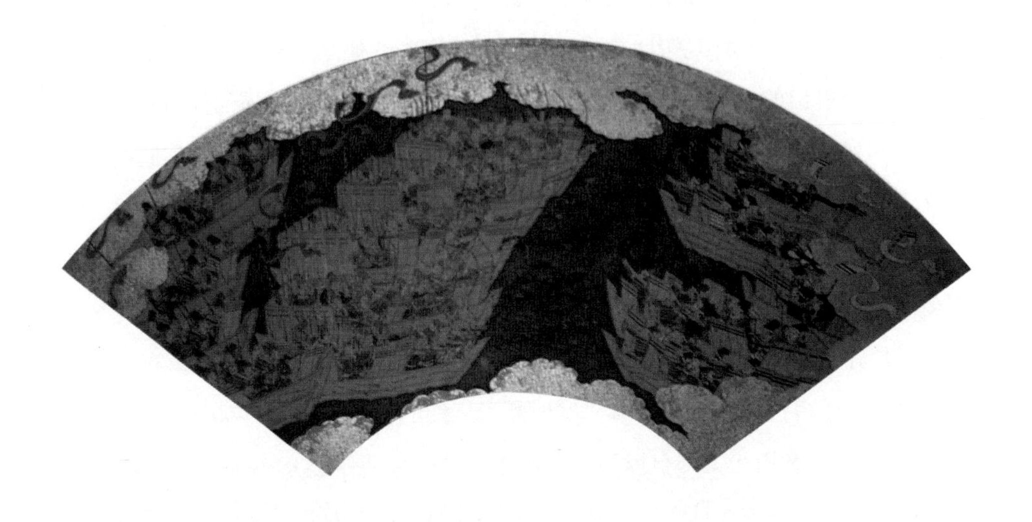

远　射

平、源两军船队对峙，双方拉满了弓，从远处对射，眼看就要成定局。图为挂红旗的平军战船与挂白旗的源氏战船坛浦之战远射对阵的壮景。本图选自《平家绘扇面贴交屏风》，绘于江户时代中期。

的仁井纪四郎亲清的胸部，亲清跌倒船头，生死难卜。阿佐里与一本来就是有名的强弓手，据说他在距离二町左右射杀奔跑着的鹿，从来都是百发百中。之后，源平两军各个拼命向前，呐喊厮杀，一时难分胜负。因为平家拥戴着万乘之君，携带着传国神器，源氏觉得难操胜券，正自狐疑，忽见一朵白云在空中飘浮，其实这并不是云，而是一幅没主的白旗，飘然而下，好像就落在源氏船头的旗杆上一般。

判官说道："这是八幡大菩萨显灵了。"赶紧净手漱口，顶礼膜拜。众军兵也都纷纷下拜行礼。这时，有一两千只海豚从源氏方面向平家船队游来。内大臣见了，便召来阴阳博士安倍晴信，问道："海豚向来成群活动，但这么大的鱼群是罕见的，你看主何吉凶？""这群海豚倘若游回源氏那边，源氏必亡；如向我方穿游而过，我方必败。"这话未及说完，海豚便已从平家船底穿游而去了。晴信说："看来，大势去矣！"

且说阿波民部重能，近三年来为平家克尽忠心，多次冒死奋战，但其子田内左卫门已被源军生俘，他认定平家必败，于是怀有二心，想归顺源氏。恰巧平家方面出于策略上的考虑，让有身份的人搭乘战船，一般军兵搭乘唐式大船，一旦源氏为大船所诱，向大船进攻，平家便以战船围而攻之。这个计谋被阿波民部泄露给源氏，因而源氏不向大船进攻，径直向平家大将隐蔽其中的战船袭来。新中纳言说道："实在可恨，重能这厮，真该千刀万剐。"尽管他百般后悔，终究无济于事。

这期间，四国九州岛的军兵，悉数背离平家，归顺源氏。过去依附平家门下的人，如今对主公弓矢相向，拔刀以对。想驶船靠近对岸，但波高浪大，欲近不能；想驶往另一滩头，又有敌军埋伏，弯弓以待。源平相争，眼看就要成定局了。

（第十一卷）

幼帝投海

源氏军兵既已登上平家的战船，那些艄公舵手，或被射死，或被斩杀，未及掉转船头，便都尸陈船底了。新中纳言知盛卿搭乘小船来到天皇的御船上，说道："看来，大势已去，必将受害的人，统统让他们跳海吧！"说完便船前船后地乱转，又是扫，又是擦，又是收集尘垢，亲自打扫起来。女官们交口问道："中纳言，战事怎么样？""东国的男子汉，真了不起，你们看吧！"知盛卿边说边哈哈大笑。"这时候，还开什么玩笑！"各个叫喊起来。二品夫人［安德天皇的外祖母］见此情形，因为平时已有准备，便将浅黑色的夹衣从头套在身上，把素绢的裙裤高高地齐腰束紧，把神玺挟在肋下，将宝剑插在腰间，把天皇抱在怀里，说道："我虽是女人，可不能落在敌人手里，我要陪伴着天皇。凡忠心于天皇的，都跟我来。"于是，走近船舷。天皇这年刚八岁，姿容端庄，风采照人，绺绺黑发长垂后背，其老成懂事超逾年齿，见此情景，不胜惊愕地问道："外祖母，带我到哪儿去？"二品夫人面向天真的幼帝拭泪说道："主上你有所不知，你以前世十善戒行的功德，今世得为万乘之尊，但因恶缘所迫，气运已尽。你先面朝东方，向伊势大神宫告别，然后面朝西方，祈祷神佛迎你去西方净土，同时心里要念诵佛号。这个国度令人

幼帝投海（一）

坛浦海战，平家军大势已去，外祖母二位尼向八岁的安德幼帝说了句"我带你去极乐净土吧"，便抱着幼帝投进海里，沉于波涛之下。图为幼帝即将投海的残酷场景。本图选自《奈良绘本·平家物语》，绘于江户时代中期。

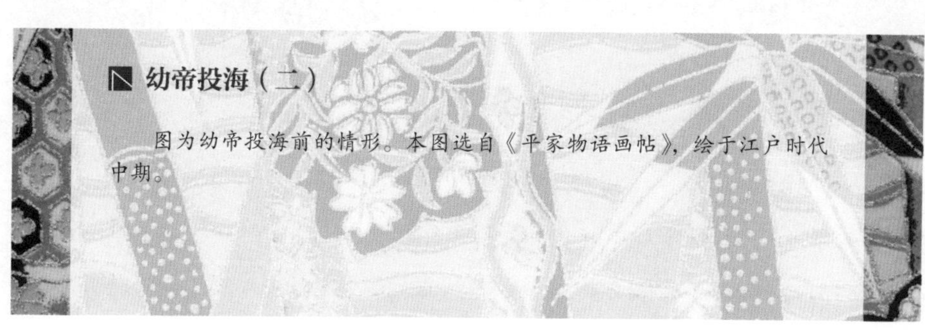

幼帝投海（二）

图为幼帝投海前的情形。本图选自《平家物语画帖》，绘于江户时代中期。

憎厌，我带你去极乐净土吧。”二品夫人边哭边说，然后给天皇换上山鸠色的御袍，梳理好两鬓打髻的儿童发式。幼帝两眼含泪，合起纤巧可爱的双手，朝东伏拜，向伊势大神宫告别，然后面向西方，口念佛号不止。少顷，二品夫人把他抱在怀里，安慰道：“大浪之下也有皇都。”便同沉到千寻海底去了。可悲呀，无常的春风不一时吹落了似锦繁花；可叹呀，无情的海浪刹那间浸没了万乘玉体。有一殿，名叫长生，意在长栖久住；有一门，号曰不老，意在永葆青春。而今，安德天皇不满十岁，便沦为水藻了。冥冥中加于万乘之尊的果报，其冷酷无情是难以尽言的，云中之龙忽焉降为海底之鱼了。昔日皇宫之中可称为大梵高台之阁，帝释喜见之城；大臣公卿簇拥于宝座之前，亲族姻戚相从于玉辇之后；而今出于御舟之中，沉于波涛之下，转瞬间断送了至尊的性命，岂不哀哉！

（第十一卷）

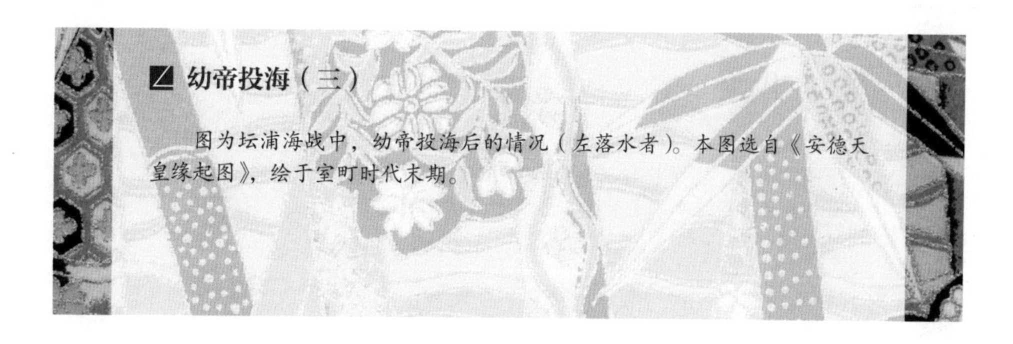

幼帝投海（三）

图为坛浦海战中，幼帝投海后的情况（左落水者）。本图选自《安德天皇缘起图》，绘于室町时代末期。

六　代

小松三位中将的公子，名唤六代，乃是平家嫡长后代，年纪将近成年。北条时政奉令要设法捕捉他，分兵四出搜索，但一时又难以寻到。北条正拟返回镰仓复命，这时有一女子来到六波罗报告说：“由此往西，遍照寺后面有一叫作大觉寺的山寺，在它北边有一山谷叫作菖蒲谷，小松三位中将的夫人、少爷、小姐，就藏在那里。”北条立即派人前去搜查。果然有不少女人和幼童为避人耳目隐居在那里。从篱笆间隙朝里望去，恰巧有一只小白狗跑了出来，后面追出一个俊秀的小公子。只见一个像乳母的人喊道：“哎呀，可不得了！”立即把小公子拖了回去。来人心想：“这人兴许就是小公子六代吧！”便匆匆回去向北条时政报告了情况。翌日，北条亲自来到这里，叫人把住所团团围住，派人进去说：“听说平家小松三位中将的少爷六代公子在这里，镰仓公的代表北条四郎时政，特来迎接，让他赶快出来。”六代公子母亲听了这话，吓得几乎晕了过去。斋藤五、斋藤六跑到四周一看，已被武士围个水泄不通，没有任何地方可以逃出。乳母伏身在公子面前放声大哭。平日人们连大气都不敢出，隐忍着过日子，今天家中所有的人都齐声痛哭起来。北条听见，心中也觉不忍，揩拭着眼泪，静静地等着。过

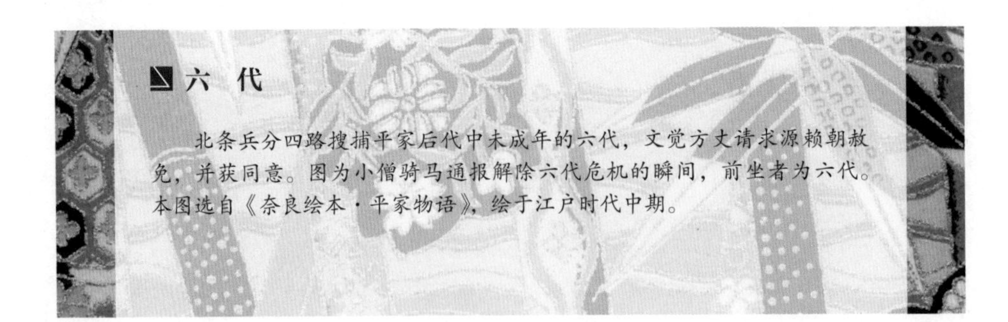

六　代

北条兵分四路搜捕平家后代中未成年的六代，文觉方丈请求源赖朝赦免，并获同意。图为小僧骑马通报解除六代危机的瞬间，前坐者为六代。本图选自《奈良绘本·平家物语》，绘于江户时代中期。

了半晌，又派人进去说："世上尚未平静，唯恐有人到这里胡作非为，所以前来迎接，没有别的意思，请赶快让他出来吧。"小公子听了，对母亲说道："反正逃不脱了，让我去吧。倘若武士冲进来搜查，您看见那种粗暴受辱的情形反而不好。即使我被他们带走，在那边还会待一个时期，一定会回来看您，不要这么伤心吧。"他安慰着母亲，是那么纯真可爱。

母亲和乳母悲痛万分，呼天抢地哀哭。"近几天，平家子弟，或是被淹死，或是被活埋，或是被劈死，或是被刺杀，有各种各样的传说。我儿不知要怎样处置，他稍稍年长或许要被斩首吧。一般的孩子带在乳母身边，偶尔看一看，那母子之情也是很深厚的，这原是人之常情。何况这孩子自从呱呱落地一时片刻也未离过身边，由我们夫妻二人朝夕抚育着，把他看作是世上稀有的珍宝。在他父亲去世之后，他们兄妹二人在我左右，是我唯一的安慰，如今留下一个，走了一个，往后可怎么好呢？这三年来，白天黑夜提心吊胆的就是这件事，万没想到就发生在眼前了。"乳母因为焦躁不安，跑出门去，无目的地边哭边走，这时忽听有人说道："在这深山处有一个叫高雄的山寺，住着一位老方丈，名叫文觉坊，是镰仓公很信得过的重要人物，有不少名门公子想做他的弟子。"乳母听了很是高兴，也不禀知夫人，径自到高雄去了。她见到文觉方丈恳求道："生下来就由我扶养的一个公子，今年十二岁，昨天被武士抓走了。请您保佑他的性命，收他做您的弟子吧！"说罢在方丈面前一跪到地，大放悲声，一副哀哀无告的样子。方丈很受感动，问其原委。乳母起来哭诉道："那是平家小松三位中将夫人的一个亲戚的孩子，想必是有人告密，说是三位中将的公子，昨天被武士抓走了。""那武士叫什么名字？""听说叫北条。""好啦，待我去问个明白。"方丈说罢便出发了。

方丈来到六波罗，探问事情真相。北条四郎说："镰仓公下令说：'听说平家子孙有不少潜匿在京都，其中有小松三位中将的公子，新大纳言藤原成亲的女儿所生，是平家嫡脉长子，年纪已近成人，着即搜寻归案，不得有误。’接奉这道命令，把那些旁支末裔的小儿搜查出来几个，但那位公子的所在无从查知，一时难以搜寻，我正想回镰仓复命。前天竟有人来告发，昨天就去迎接了过来。这孩子十分清秀，令人喜爱，现在还收留在这里，未予处置。”方丈便对北条说：“这位小公子，也许是因为前世有缘，我觉得十分可爱。请给他延长二十天寿命。我去向镰仓公请求，把他交给我看管。”于是，一清早就出发了。朝来暮往，二十天梦一般过去了，文觉方丈仍不见回转。

且说就在十二月十六这天，北条四郎带着六代公子从京都出发了。斋藤五、斋藤六虽然让泪水糊住了眼睛，认不清道路，但决心要陪同公子到最后一刻，便流着泪跟着走去。北条说：“骑上马吧！”他们仍不肯骑，心想：“这是最后陪伴公子了，哪还顾得上劳累。”就这样流着血泪，信步前进。六代公子诀别了难割难舍的母亲和乳母，住惯了的京都远远地撇在云霞之外。今日最后一次踏上东国

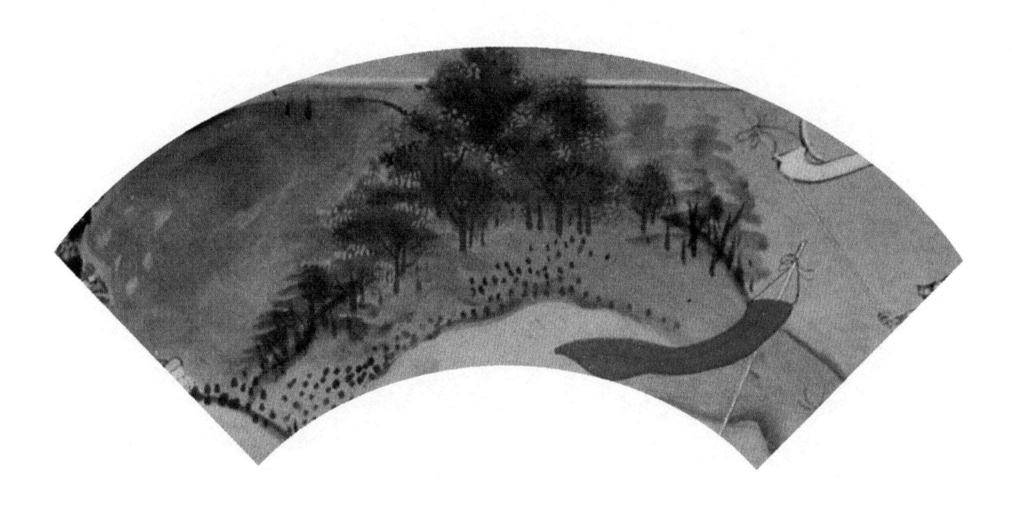

的征途，心中的凄惨是不难推量的。遇到策马疾驰的武士，便以为是来取自己首级的，吓得心惊肉跳；看见有武士前来搭话，便想到这是今生的最后关头，吓得肝胆碎裂。暗想四宫河原便是葬身之地吧，不意竟过了关山，来到大津浦；看来有在粟津平原处决的迹象，可是又因天黑过了时辰。过了一国又一国，过了一站又一站，终于来到骏河国。公子朝露一般的性命，似乎就要到最后的日子了。

（第十二卷）

六代被斩

因为得到文觉方丈的救助，六代公子并未被处死。十六岁时，六代公子便把披肩的长发剪掉，穿上褐衣褐裤，背上书箱辞别文觉方丈，游方修行去了。

数年后，后白河法皇驾崩，当夜瑜伽铃声沉寂，次晨《法华经》声断绝。后鸟羽天皇耽于游乐，政事全由岳母藤原兼子任意而为，人民愁叹不已。“吴王好剑客，百姓多创瘢；楚王好细腰，宫中多饿死。”上有所好，下必从之。忧心国事的人无不痛心慨叹。这时本来就已让人不放心的文觉方丈又牵涉到一件不相干的事情里来。守贞亲王［后鸟羽天皇同母兄］向来勤于学问，以正理为先，文觉曾想方设法助其得登大宝，但为前右大将赖朝卿所阻，未能实现。建久十年（1199年）正月十三日源赖朝死，文觉预谋兴兵起事。不久事泄，在二条猪熊住所被检非违使的官员拘捕，在八十余高龄被流放到隐岐国去。文觉离开京都时说道：“我如此衰朽残生，已是有今天没明天了，即使是朝廷定罪，不把我安置在京都近郊，而定要流徙到隐岐国去，这球杖小儿实在可恶。我这一去，在流放地等候他的大驾吧。”这话听来十分可怕。原来后鸟羽天皇特别喜爱打球，所以文觉才出此恶言。后来这位后鸟羽天皇起兵倡乱失败，也被流放到隐岐国来，实在是不可思议的事。传说文觉的亡灵常在隐岐国作祟，不时地出现在天皇面前说三道四。

且说六代公子被称为三品禅师，在高雄一心修行，有人向镰仓公告发说：“那种人的儿子，又是那种人的弟子，虽是剃了头，可是剃不了心呀！”于是镰仓公多次向朝廷奏请，天皇乃诏令检非违使的安藤判官资兼前去拘捕，并指派骏河国

住人冈边权守泰纲，在田越河将六代公子斩首。自此以后，平家的子孙彻底灭绝了。

（第十二卷）

六代被斩

平氏衰落，平氏六代一心在高雄修行，有人向镰仓公告发，镰仓公多次向朝廷奏请逮捕六代，检非违使将六代逮捕后并斩首，平家子孙彻底灭绝。图为检非违使将六代逮捕，在押送途中。本图选自《奈良绘本·平家物语》，绘于江户时代中期。

六　道

“这是遁世隐居者的常情，说不上什么痛苦。赶快见见面，法皇好早些回去。”女院［安德天皇生母，平清盛的女儿平德子］说完，走进庵室里去了。“念佛一遍倚窗前，守候晨光遍照；念佛十遍启柴扉，企盼圣众来迎。御驾光临此地，实出意料之外。”女院哭诉着参见法皇。

法皇看了她这般模样，说道：“非想天［佛教的所谓三界中最高的天］可保持八万劫的长寿，但仍有必定灭亡的忧愁；欲界天难免仍有五衰［天界上的天人也难以避免的临终时的五种衰相］的悲伤。善见城中的胜妙之乐，中间禅的高阁，以及酣梦中的果报，幻影中的乐趣，有如车轮滚滚，流转无尽。天人五衰的悲伤，人世更是难免了。”说到这里又问道：“有谁来看望你吗？是不是触景生情，整天回忆往事？”“哪有人来看我。只有隆房、信隆的两位夫人偶尔传个信来。从前，万没想到会受她们的照顾。”说着流下泪来。随侍的女人也跟着泪洒衣袖。女院忍不住眼泪说道：“我处境如此，一时悲伤是难免的，但一想到身后的冥福倒也很是高兴。顷刻间便能成为释迦弟子，在弥陀如来的引导下，摆脱五障三从之苦，清净三时六根之垢，一心向往九品净土，虔诚祈求一门冥福。常时企盼三尊来

“灌顶卷”首段

《平家物语》以灌顶卷“六道”之理为终结，与开首卷祇园精舍“盛者必衰”之理相呼应。图为觉一本《平家物语》灌顶卷首段（部分），绘于江户时代前期。

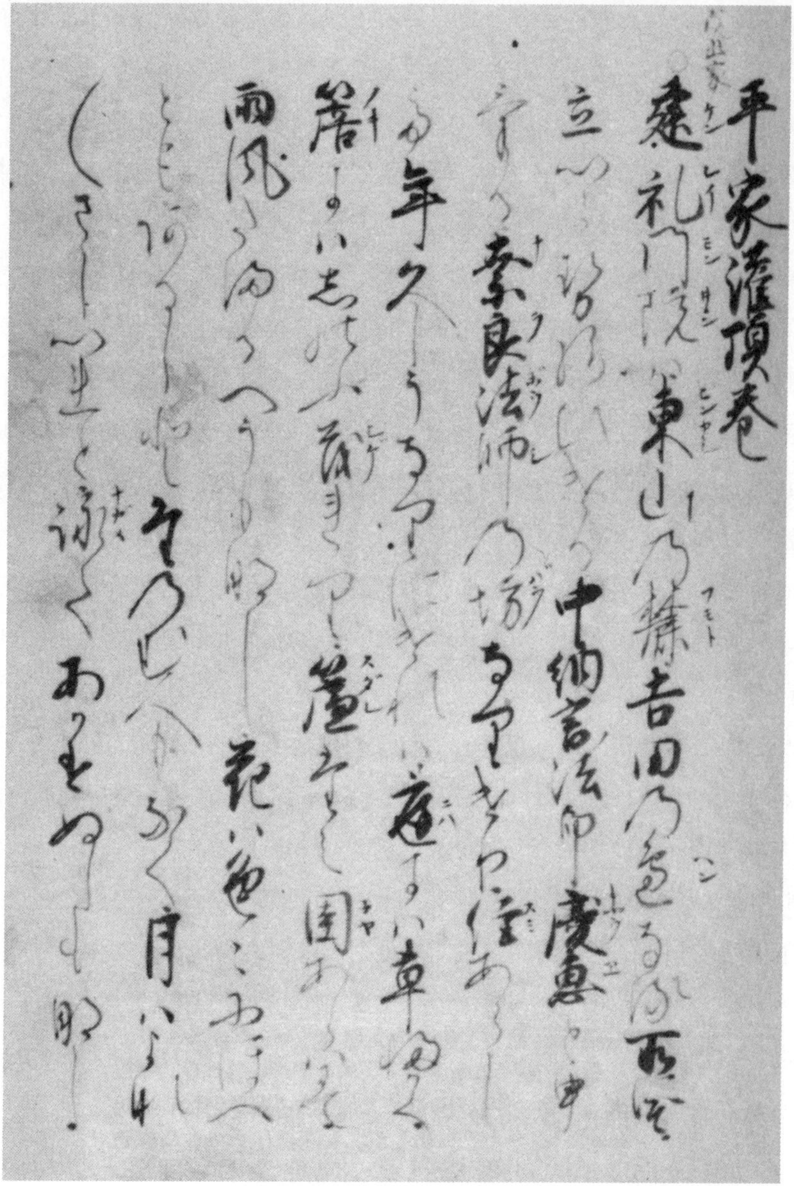

女院出家

平家灌頂巻

建礼門院は東山の麓吉田の辺なる所にぞ
立入らせ給ひける中納言法印慶恵と申
ける奈良法師の坊なりけりすみあらし
て年久しうなりければ庭には草深く
軒にはしのぶしげり簾たえ閨あらはにて
雨風たまるべうもなし花は色々にほへ
ども主とたのむ人もなく月は夜な夜な
しさし入れども詠てあかす主もなし

迎。永世难忘的是先帝的音容，想忘也忘不掉，想躲也躲不开，没有比母子之爱更令人悲伤的了。所以，我为了给他们祈求冥福，朝夕敬谨修行，这也许就是我或可得救的机缘吧。”法皇听了说道：“我朝是边鄙散粟之地，我以十善阴骘得为天皇，身为万乘之主，无一事不惬己意，尤其是生于佛法流布之时，立志修行佛道，身后进入极乐净土是毫无疑义的。人世无常本是天经地义，丝毫不足奇怪，看到你这种情形，实在觉得可怜。”女院接口道：“我是平相国的女儿，天子的国母，一天四海尽在指顾之中，每年自从祝贺新正的大典开始，多次寒暑易服，直到年终诵唱佛名的典礼为止，摄政关白以及所有大臣公卿，无不谦恭敬重，好比在六欲四禅的云天之上，由八万四千众多佛圣围绕拱奉一般，文武百官俱各敬谨相拜。在清凉殿和紫宸殿上，置身于玉簾之中，春天观赏紫宸殿的樱花，心旷神怡。九夏三伏的暑天，汲取清泉，以慰身心。秋天，邀集百官设宴赏月，玄冬素雪的寒夜，重衣取暖，研求长生不老之术，寻觅蓬莱不死之药，一心只盼久居人世。无昼无夜，一味寻求欢乐，只觉得上苍加佑到此已是极限了。于是自从寿永秋天，法皇妄自畏惧木曾义仲，弃京出走，一门上下只能从云天之外遥望久居的京都，回首反顾烧成灰烬的故里。从过去仅只耳闻的须磨，驶经明石的每个渡口，那情景着实可哀。白天冲破漫无边际的波涛海路，泪沾衣襟；夜间与沙洲的海鸟共啼，苦待天明。虽然看到了许许多多颇有名气的渡口和小岛，但对于故乡总是难以忘怀。如此漂泊，无处安身，这就是所谓天人五衰生者必灭的悲伤呀。人世间的爱别离苦、怨憎会苦，都让我体验到了。四苦八苦，全都汇集于我的一身。后来在筑前国太宰府那里，被绪方维义逐出九州岛，山野虽广，却无可安身之处。那时适值秋末，过去的皇宫观赏的明月，于今只好在漫漫海浪上与之遥遥相对了。在如此艰难困苦之际，到了十月间，平清经中将慨叹道：‘京都已陷源氏之手，九州岛又为维义所逐，我等直如落网之鱼，无处可以安身，看来此生不会长久了。’于是便自沉海底了。这是沉痛败亡的开端。在海上等来日暮，在舟中耐到天明，诸国贡物不至，三餐供膳无人，偶尔送来膳食，又因缺水无法下咽，虽然浮泊在水上，但海水是无法饮用的，这痛苦直如陷入饿鬼道一样。后来室山、水岛各次交战取得胜利，人们略觉有了生机。及至一之谷交战，全族死伤大半，人人战袍束带，铁铠缠身，不分昼夜，呐喊厮杀，这情景就如同修罗道的争斗、帝释天的拼杀一般。一之谷失陷之后，父子分离，夫妻诀别，把海湾上的渔船视为敌舰，失魂落魄；把松林里的鹭群看作源氏白旗，胆战心惊。之后，在门司、赤间关最后决战，二品夫人叮嘱道：‘男人们能活下来的，怕是千万之中不会有一个，即使有侥幸生存的，假如是远族，也不会为我们祈求冥福。自古以来，打仗是不杀女人的，无论如何我要保全下来，为先帝祈求冥福，也为我们的后世祷告修福。’听了这番言语，恍惚如在梦中，忽然狂风大作，乌云低垂，军心不振，士气萎靡，看来大势已去了。天命如此，非人力所能挽回。事已至此，二品夫人抱着幼主来到船舷，幼主惊问道：‘外祖母，带我到哪儿去？’二品夫人面向幼主，拭泪说道：‘主上你有所不知，你以前世十善戒行的功德，今世得为万乘之尊，但因恶缘所迫，气运已尽。你先面朝东方，向伊势大神宫告别，然后面朝西方，祈祷神佛迎你去西方净土，同时心里要念诵佛号。这个国度令人憎厌，我带你去极乐净土吧。’二品夫人边哭边说，然后给幼主换上山鸠色的御袍，梳理好两鬓打髻的儿童发式。幼主两眼含泪，合起纤巧可爱的双手，朝东伏拜，向伊势大神宫告别，然后面朝西方，口念佛号不止。当时二品夫人抱着幼主纵身跳入海底的情形，叫我目昏心碎，至今欲忘不能，欲却不得。残存未死的人见此情景，无不嘶声号叫，想那叫唤地狱也不过如此吧。其后，被武士拘执，送我进京的时候，来到播磨国的明石浦，蒙眬睡梦之中，看见先帝和所有公卿和殿上人端坐在比皇宫还要富丽的殿堂。因为离开京都之

后，从未见过这样富丽堂皇的地方。我问道：‘这是哪里？’二品夫人答道：‘龙宫城。’我问：‘真是个好地方，这里再没什么困苦了吧？’她说：‘《龙畜经》上说得明白，快祈求冥福吧。’听了这话，便从梦中醒来。从那以后，我便专心诵经念佛，为他们祈求冥福。所有这一切，我觉得就像经历了六道世界一般。”法皇听了，说道：“异国的玄奘三藏在彻悟以前曾见过六道，我国的日藏上人借藏王权现之力也见过六道，你以凡人之身也能看见六道，实在难能可贵呀！”

（灌顶卷）

六道的盛与衰

平家衰落，末法思想流行，地狱、饿鬼、畜生、阿修罗、人、天等六道轮回的观念相当普及。《平家物语》终卷“灌顶卷”设专节“六道”，总括人生经历“六道”的盛与衰、善与恶的轮回世界。图为描绘六道中最凄苦的地狱道，三眼鬼在测量所里，紧盯着于背负欺瞒斤量苦业的老人、青年和老妪等三人，他们露出一副苦闷的表情。本图选自《地狱草纸·测量所》绘卷（部分）。

图片索引

图书在版编目（CIP）数据

平家物语图典 /（日）佚名著；申非译；叶渭渠主编 .
— 南京：江苏凤凰文艺出版社，2020.10
（日本古典名著图读书系）
ISBN 978-7-5594-5110-1

Ⅰ . ①平… Ⅱ . ①佚… ②申… ③叶… Ⅲ . ①长篇小说 – 日本 – 中世纪 Ⅳ . ① I313.43

中国版本图书馆 CIP 数据核字 (2020) 第 159324 号

平家物语图典

[日] 佚 名 著　　申 非 译　　叶渭渠 主编

出 版 人	张在健
责任编辑	王 青
特约编辑	苑浩泰
装帧设计	鹏飞艺术
责任印制	贺 伟
出版发行	江苏凤凰文艺出版社
	南京市中央路 165 号，邮编：210009
网 址	http://www.jswenyi.com
印 刷	天津丰富彩艺印刷有限公司
开 本	889 毫米 ×1194 毫米 1/24
印 张	10
字 数	75 千字
版 次	2020 年 10 月第 1 版
印 次	2020 年 10 月第 1 次印刷
书 号	ISBN 978 - 7 - 5594 - 5110 - 1
定 价	68.00 元

江苏凤凰文艺版图书凡印刷、装订错误，可向出版社调换，联系电话 025-83280257